去看看
唐诗诞生的地方

李振华 丁慧琴 著

山东画报出版社

图书在版编目（CIP）数据

去看看唐诗诞生的地方 / 李振华，丁慧琴著. -- 济南：山东画报出版社，2019.3

ISBN 978-7-5474-2667-8

Ⅰ.①去… Ⅱ.①李… ②丁… Ⅲ.①唐诗 – 诗歌欣赏 Ⅳ.①I207.22

中国版本图书馆CIP数据核字（2018）第020824号

## 去看看唐诗诞生的地方
李振华　丁慧琴 著

| | |
|---|---|
| 责任编辑 | 郭珊珊 |
| 美术编辑 | 李海峰　崔腾飞 |
| 装帧设计 | 光·合·时代　35592902@qq.com |

| | |
|---|---|
| 出 版 人 | 李文波 |
| 主管单位 | 山东出版传媒股份有限公司 |
| 出版发行 | 山东画报出版社 |
| | 社　　址　济南市市中区英雄山路189号B座　邮编 250002 |
| | 电　　话　总编室（0531）82098472 |
| | 　　　　　市场部（0531）82098479　82098476（传真） |
| | 网　　址　http://www.hbcbs.com.cn |
| | 电子信箱　hbcb@sdpress.com.cn |
| 印　　刷 | 山东临沂新华印刷物流集团有限责任公司 |
| 规　　格 | 160毫米×230毫米 |
| | 9.5印张　138幅图　110千字 |
| 版　　次 | 2019年3月第1版 |
| 印　　次 | 2019年3月第1次印刷 |
| 印　　数 | 1-3000 |
| 书　　号 | ISBN 978-7-5474-2667-8 |
| 定　　价 | 33.00元 |

如有印装质量问题，请与出版社总编室联系更换。

建议图书分类：文学/中国古诗词

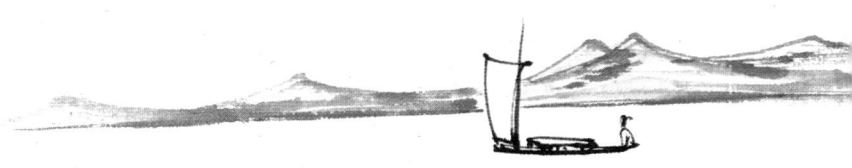

序言

　　我们夫妻自小就非常喜欢唐诗宋词,并坚信唐诗宋词是人类永不失效的精神食粮。自唐宋以来,历朝历代出版的唐诗宋词版本数不胜数,带译文的、带插图的,不一而足。但是,在这所有的版本中,对诗词的诞生地、诗词中的描写地,都是客观的简述或想象中的绘图,一般读者会认为诗词中所描述的只是虚无缥缈的想象,无法产生身临其境的感受。

　　于是,我们萌生了一个想法,到唐诗宋词的诞生地及描写地去,看一看那里的真实场景,探秘诗词诞生的故事,让更多的读者跟随我们的脚步走进唐诗和宋词,体验一番独特的立体阅读。2015年7月,我们一起驾车从山东鲁酱酒业有限公司大院出发,沿着古代文人骚客的足迹,踏上了"寻访唐诗宋词之旅"。历时半年,我们顶风冒雨行驶两万三千多千米,走过十九个省、两个直辖市。我们回顾当年诗人写作相关诗词的历史背景,探寻写作的具体过程及相关逸事,更为重要的是,要用简短的文字记录千年之后这里所发生的变化,及我们来到这里的所见所闻、所思所想。我们用相机拍下这里的真实场景,告诉读者,历史上的名诗佳句就诞生于此,唐诗宋词描绘的意境来源于此。

在唐诗宋词的释读方面，这是一个全新的突破，在过去面世的所有唐诗宋词释读版本中前所未有。

一路上，我们遭遇了许多艰难，也邂逅了无数感动。

忘不了，遇到被雨水冲垮的道路，我们只能在风雨中彻夜等待；忘不了，为了寻找拍摄的最佳角度，我们冒险爬到高山上的悬崖拍摄；忘不了，在我们寻找有关遗址时，总会有当地好心人带路；忘不了，当我们对有关史实产生困惑或疑问时，总会有当地专家学者为我们解疑释惑。

这本书能够与读者见面，要感谢的人太多了！在此一并致谢！

# 目录

静夜思·李白 / 001

黄鹤楼送孟浩然之广陵·李白 / 003

独坐敬亭山·李白 / 006

望庐山瀑布·李白 / 009

早发白帝城·李白 / 012

赠汪伦·李白 / 015

望天门山·李白 / 018

夜宿山寺·李白 / 021

渡汉江·宋之问 / 024

回乡偶书二首·其一·贺知章 / 027

登鹳雀楼·王之涣 / 029

凉州词·王之涣 / 032

春晓·孟浩然 / 035

宿建德江·孟浩然 / 038

黄鹤楼·崔颢 / 041

芙蓉楼送辛渐·王昌龄 / 044

九月九日忆山东兄弟·王维 / 047

送元二使安西·王维 / 050

竹里馆·王维 / 053

山居秋暝·王维 / 056

鹿柴·王维 / 059

望岳·杜甫 / 062

绝句·杜甫 / 065

春行即兴·李华 / 068

- 逢入京使·岑参 / 071
- 山房春事·岑参 / 074
- 枫桥夜泊·张继 / 077
- 寒食·韩翃 / 080
- 兰溪棹歌·戴叔伦 / 083
- 滁州西涧·韦应物 / 086
- 登科后·孟郊 / 089
- 游子吟·孟郊 / 091
- 早春呈水部张十八员外·韩愈 / 094
- 城东早春·杨巨源 / 097
- 金陵五题·石头城·刘禹锡 / 100
- 再游玄都观·刘禹锡 / 103
- 乌衣巷·刘禹锡 / 105
- 白云泉·白居易 / 108
- 大林寺桃花·白居易 / 111
- 题都城南庄·崔护 / 114
- 江雪·柳宗元 / 117
- 题金陵渡·张祜 / 120
- 清明·杜牧 / 123
- 赤壁·杜牧 / 126
- 泊秦淮·杜牧 / 129
- 润州听暮角·李涉 / 132
- 井栏砂宿遇夜客·李涉 / 135
- 登乐游原·李商隐 / 138
- 白鹿洞二首·其一·王贞白 / 141
- 社日·王驾 / 144

# 静夜思

李白

床前明月光，
疑是地上霜。
举头望明月，
低头思故乡。

这首诗，是李白年轻时的作品，那时他大约只有二十六岁，写作地点在当时的扬州旅舍。

这处扬州旅舍，现在已完全无法追寻。唐代的扬州城位于现在的扬州城北边，李白当年作诗的旅舍应在扬州城北的古城墙一带。

如今来寻找唐代的影子，我们只能选择唐城墙遗址为目标。

隋唐时期，隋炀帝开通南北大运河，在此修建迷楼。进入唐代，国力鼎盛，扬州也达到了极盛的巅峰，曾是大唐最重要的港口城市。当时,唐城包括子城和罗城两部分,城周长二十公里。

今天登上扬州城北的唐子城遗址,可俯视扬州城十里美景。微风轻抚,杨柳依依,风韵无限。

可以肯定,就在这片土地上,当年曾留下年轻李白的脚印。

前面的某一个土坡上,曾挺立过一座普通的旅舍。在一个静静的秋夜,李白住在这里,他抬头望着天空的一轮皓月,思乡之情油然而生,写下了这首传诵千古、名扬中外的诗歌——《静夜思》。

几天后的一个晚上,他又写下《秋夕旅怀》:"凉风度秋海,吹我乡思飞。连山去无际,流水何时归。目极浮云色,心断明月晖……"

时间的扫帚在不停地清扫这个世界,一千多年后,它早已将那座普通的旅舍清扫干净,将那块地方变成了我们眼前的模样。

当你从这里匆匆走过,请不要忽略它,这里是"床前明月光"诞生的地方,只是你不知道而已。

⊙扬州唐城遗址博物馆一角

# 黄鹤楼送孟浩然之广陵

李白

故人西辞黄鹤楼,
烟花三月下扬州。
孤帆远影碧空尽,
唯见长江天际流。

李白在湖北安陆居住期间,结识了长自己十二岁的孟浩然。孟浩然对李白非常赞赏,两人很快成了挚友。这一年的阳春三月,李白得知孟浩然要去广陵(今扬州),便托人带信,约孟浩然在今武汉市会面。孟浩然如约来到这里,与李白一起小住数日。待孟浩然乘船东下时,李白亲自送他到江边,有感而发,写下了这首送别诗。

这次离别正值开元盛世,烟花三月,天下太平,春意盎然,从黄鹤楼

⊙黄鹤楼

到扬州,一路繁花似锦。扬州是当时整个东南地区最繁华的大都会,加之当时的李白青春年少,心中不仅没有忧愁和悲伤,反倒认为孟浩然这趟旅行快乐得很。所以在送别之际,他的心早已跟着孟浩然飞向远方,激情澎湃,诗意大发。

每个人的年龄、经历不同,读一首诗会有不同的理解,各自会在心中完成一次再创作。吟咏这首诗,可以想象李白站在江边断崖高处,背着双手,迎风挺立,一动不动地目送孟浩然所乘小船消失在天际之间。而今你身临其境后发现,这里已见不到断崖,大江两岸是新修的岸堤、整齐的护栏、林立的高楼。宽阔的江面上,一艘艘巨轮缓缓行驶。抬眼望去,横架在江面上的是雄伟的武汉长江大桥,桥上车来车往,川流不息。

从侧道登上大桥,站立桥头回望,不远处的黄鹤楼,在阳光下显得金碧辉煌。

原以为黄鹤楼紧靠江边,李白就在楼下送别孟浩然,实地一看,黄鹤楼离江边还有一段距离。

后来通过查看资料得知,1957年架设的武汉长江大桥引桥,占用了黄鹤楼旧址。因此,1981年重建黄鹤楼时,地址选在距旧址约一千米的蛇山上。如此说来,李白当年送别孟浩然的场景,与我们想象的大致吻合。

现在有了长江大桥,天堑变通途,人在桥上走,水在脚下流,巨轮也在脚下穿梭。

手扶栏杆,望着远去的江水,虽然无法确定当年李白送孟浩然的准确地点,但仍能切身感受到李白与孟浩然之间的深情厚谊。

⊙李白送别孟浩然处

# 独坐敬亭山

李白

众鸟高飞尽,
孤云独去闲。
相看两不厌,
只有敬亭山。

敬亭山位于安徽省宣城市区北郊,原名昭亭山,晋初为避皇帝司马昭讳,改名敬亭山。

李白一生七游宣城,这首五绝作于公元753年(天宝十二年)秋,此时距他被迫离开长安已有十年时间。长期的漂泊生活,使李白体会了世态炎凉,增添了内心的孤寂之感。此诗写诗人独坐敬亭山所看到的景致,以寄情山水排解心中的孤独与寂寞。

敬亭山虽不高,但它拔地而起,远看满目青翠、云山雾绕,犹如猛虎

⊙敬亭山坊

卧伏；近观林壑幽深、泉水淙淙，显得格外灵秀。

敬亭山下，矗立着一座仿古山坊，坊门上刻有楚图南题写的"敬亭山"三字。山坊后面有李白雕像，迎门而立，飘飘欲仙。

沿着弯曲的进山公路行驶，路两边一片片碧绿的茶园，修整得非常整齐，成为独特的风景。高高的核桃树上挂满了果实，展显出另一种风采。

继而，山势渐高，林木茂密，只能步行。路边许多巨石上，镌刻着历代文人歌咏敬亭山的诗句，让人感受到敬亭山文化的厚重。此外，这里还有昭亭湖、昭亭坊等好去处，湖面有几只游艇游弋。

竹林深处有一尊石雕像，她就是传说中住在敬亭山上的唐朝玉真公主，雕像旁边是皇姑坟。石碑记载了一个美丽的传说：玉真公主在入道后广游天下名山，好结有识之士，尤其喜爱才华横溢的平民道友李白，力荐李白进宫待诏。李白得罪权贵，被迫离职，公主对此义愤填膺，愤然放弃公主封号。安史之乱后，她与李白一同隐居敬亭山，后香消玉殒于此。不远处的山坡上有一眼相思泉,传为李白与玉真公主相爱的见证。

继续盘山而上,快到山顶时,可看到那新建的壮观的太白独坐楼。它依山势而建,为四层仿唐建筑,非常气派。里面是宽敞的展厅,展示李白的生平,以及他在宣城留下的足迹。这里还有李白的一尊坐像:坐于山石之上,左手扶石,右手持卷,头微上昂,眺望远方,若有所思,颇具神采。

登上太白独坐楼,极目远眺,正可引用他人的一段描述:"东北的南漪湖烟波浩渺,水天一色;山下的水阳江蜿蜒曲折,百舸争流;南边江城如画,高楼林立;北边田畴沃野,一览无际。"美哉!

有人曾说,李白整天与敬亭山对视,是何等寂寞。而这里恰巧有这样一则小故事:有人问一位牧羊人,你是不是每天都感到寂寞?牧羊人答道:我每天都与草原对话,与羊群交流,与小鸟对唱,哪里还有寂寞?

心态决定胸怀,胸怀决定境界。

⊙敬亭山下

## 望庐山瀑布

李白

日照香炉生紫烟，
遥看瀑布挂前川。
飞流直下三千尺，
疑是银河落九天。

这是李白五十岁左右隐居庐山时写的一首风景诗。这首诗形象地描绘了庐山瀑布雄奇壮丽的景色，是一首家喻户晓、雅俗共赏的千古绝句。

望"庐山瀑布"，要登上庐山山南的"秀峰"。秀峰为庐山五大丛林之一，位于庐山南麓、鄱阳湖之滨的江西星子县，由香炉峰、鹤鸣峰、双剑峰、姊妹峰、文殊峰、龟背峰组成。这些山峰，千姿百态、玲珑秀丽，自古便有"庐山之美在山南，山南之美数秀峰"之说。

⊙当今真实的庐山瀑布

进入秀峰景区大门约两百米,穿过"第一山"的牌坊,就来到李白广场。一袭白袍的青莲居士悠闲地坐在广场中央的石椅上,右手持卷,左手举樽,好一个悠闲!

进入景区,沿路上行,一路古木参天,溪水流淌,清凉之意扑面而来,不一会儿就望见庐山瀑布了。

转过一个山角,轰鸣声突然加倍。抬眼一望,原来已到了瀑布跟前。抬头仰望,瀑布从高耸入云的山顶泻下,时而轻歌曼舞,朵朵银珠撒向水中。偶尔,水汽随风飘向游人脸颊,带来一丝丝清爽。

李白这首著名的《望庐山瀑布》,就是描绘这条瀑布的。可能是因为李白诗的关系,庐山瀑布专指秀峰景区内的此瀑布,不包括庐山景区内的其他瀑布。包括我们在内的许多游客,纷纷拿出相机记录下这难得一见的美景。

瀑布下形成一潭碧水。潭的东西两侧,有依山临涧的"漱玉""观瀑"二亭,是游客听泉观瀑的好场所。峡壁之上,有历代摩崖题刻,其中以宋代书法家米芾所书"第一山"和"青玉峡"六字最为珍贵。

宋代大文豪苏东坡游秀峰时,曾坐于亭中,细细品味这潭亭互映、水石相磨、动静交替的妙境,留下著名的《青玉峡漱玉亭》。

我们沿山路继续往上,一会儿就登到山顶。山顶是文殊塔,翻过山脊往前走,是一片看不到边的竹林。竹林中有一条幽径,漫步其间,有一份难得的惬意。

站到源头看那形成庐山瀑布的水流,再平常不过,但就是这样一股平平常常的水流,一跃而下,成为"飞流直下三千尺"的瀑布,成为"疑是银河落九天"的瀑布,成为家喻户晓、人人吟诵的瀑布。

原来,选择一个好的平台是如此重要!

⊙庐山瀑布所在峡谷的冰川地貌

# 早发白帝城

李白

朝辞白帝彩云间,
千里江陵一日还。
两岸猿声啼不住,
轻舟已过万重山。

白帝城位于今重庆市奉节县瞿塘峡口的长江北岸。

白帝城原名子阳城,王莽篡位时,他手下大将公孙述割据四川,在此屯兵积粮,势力逐渐壮大。有一次,他来到瞿塘峡口,见这里地势险要、易守难攻,便在此扩建城池。后来,他听说城中有口白鹤井,井中常冒一股白色雾气,形状宛如一条白龙。他认为这是白龙出井,是他日后龙袍加身的征兆。于是,他在此建都,自称白帝,将子阳城改名"白帝城"。

⊙峡江两岸

三峡大坝使长江水面升高，让白帝城由一面临江变成了江中孤岛。早晚时分，往往有淡淡的江雾将它笼罩，那上面的古亭、古木，在你眼前变得云雾朦胧，恰似那段风云变幻的历史。

公元755年冬，安禄山发动叛乱，李白这时正隐居庐山，适逢永王李璘的大军东下，邀李白下山入幕府。后来肃宗以李璘不听指挥、意欲反叛为名，将其剿灭，李白也被判流放夜郎（今贵州省境）。当时，李白取道四川赶赴夜郎。行至白帝城时，李白忽然接到自己被赦免的消息，他十分惊喜，随即乘船东下江陵。此诗就是他乘船去江陵时所作，所以诗题又名"下江陵"。

泊舟上岸，踏着当年李白的足迹登临高处，再沿新修廊桥一步步走向白帝城，就像走向历史的深处。

发生在这里的最著名的故事，应该是"白帝托孤"。当年刘备的结拜

去看看唐诗诞生的地方

兄弟关羽败走麦城后命丧黄泉,刘备为他报仇,不听众臣劝阻,起兵讨伐东吴。结果,他的另一个结拜兄弟张飞,也走上了不归路。后来,刘备被东吴大将陆逊火烧连营,最后被迫退守白帝城。刘备忧愤成疾,眼看朝不保夕,于是星夜召见丞相诸葛亮。在永安宫中,刘备把儿子刘禅托付于诸葛亮,然后一命归天。这个故事感人至深,白帝城因此家喻户晓。

白帝城的最高处是观赏"夔门天下雄"的最佳地点。轻抚石栏,看江水浩浩荡荡涌入瞿塘峡,人的思绪就像江水那样波涛起伏。

《早发白帝城》是诗人把愉快的心情与江山的壮丽多姿、顺水行舟的流畅轻快,融为一体加以表达的。诗句流丽飘逸,极尽夸张,但又不事雕琢,自然天成。

站在白帝城,透过朦胧的薄雾,仿佛看到李白远去的轻舟,快速驶入瞿塘峡。

隐隐地,似能听到两岸猿声,那是遥远的呼唤。

⊙白帝城近景

# 赠汪伦

李白

李白乘舟将欲行，
忽闻岸上踏歌声。
桃花潭水深千尺，
不及汪伦送我情。

桃花潭，位于今安徽省泾县西南青弋江边的桃花潭镇。这里潭水深邃，景色秀丽。

汪伦是唐朝泾州人（一说其为泾州县令），生性豪爽，喜欢结交名士，他非常希望有机会一睹诗仙李白的风采。可是，泾州名不见经传，自己也是个无名小辈，怎么才能请到大诗人李白呢？

后来，汪伦得知李白在附近池州游历的消息，便决定写信邀请他。那时，所有人都知道李白有两大爱好：

⊙桃花潭

喝酒和游历。只要有好酒，有美景，李白就会闻风而来。于是，汪伦便写了这样一封邀请信："先生好游乎？此地有十里桃花。先生好饮乎？此地有万家酒店。"李白接到这信，立刻高高兴兴地赶来了。一见到汪伦，便要去看"十里桃花"和"万家酒店"。汪伦微笑着告诉他："桃花是我们这里潭水的名字，桃花潭方圆十里，并没有桃花。万家呢，是我们这里一家酒店的店主姓万，并不是有一万家酒店。"李白听了，先是一愣，接着哈哈大笑起来，连说："佩服！佩服！"

汪伦留李白住了好多天，李白在这里过得非常愉快。

李白要走的那天，汪伦在家中为他设宴饯行。李白登上桃花潭上的小船正要离岸，忽然听到一阵歌声，回头一看，只见汪伦和许多村民在岸上为自己踏歌送行。主人的深情厚谊和古朴的送客方式，使李白十分感动，于是写下这首送别诗给汪伦。

当地人说，这个古镇原本叫陈村，后因李白诗而改名，汪伦送李白的故事确实就发生在这里。

古镇不大,几条小街纵横交错,有保存不完整但沧桑感十足的老街巷和旧民居。冲着大门的那条小街,走到头就是桃花潭渡口。

桃花潭源于黄山北麓的青弋江,宛如一条飘动的玉带,在万山丛中左右萦绕,自南向北奔腾而来,到了泾县西南隅的万村,被一座陡峭的石壁挡住,造成一汪清幽深潭,像块晶莹剔透的碧玉。

岸边有一片桃林,林中立有李白与汪伦的塑像,还有一条古道,人称"踏歌古道"。当地人说,当年汪伦就是在这里送李白上船的。

隔着桃花潭望过去,对岸怪石嶙峋,古树青藤,飞阁危楼,恍如蓬莱仙境。

桃花潭中有游船,让人仿佛觉得那就是李白所乘的小舟,岸边也有游人歌唱,仿佛就是当年汪伦等人的踏歌声。

李白远去了,朝着下一个目标。

一个人的出行,如果没有目标,那叫流浪;如果目标明确,就叫旅行。

⊙踏歌古道

# 望天门山

李白

天门中断楚江开,
碧水东流至此回。
两岸青山相对出,
孤帆一片日边来。

李白当年在赴江东途中,行至天门山,见这里景色壮观,心中有感,写下此诗。诗中写出了天门山的雄奇壮观和江水浩荡奔流的气势,意境开阔,气象雄伟,表达了作者初出巴蜀时的乐观与豪迈。

天门山是现在安徽省芜湖市的东梁山与江对岸和县西梁山的总称。从江中远望,东梁山与西梁山色如横黛,宛似蛾眉,故又名蛾眉山。再细看,两山耸于大江两岸,若二虎雄踞,所以又被称为二虎山。东西梁山

⊙ 东梁山与西梁山

号为"天门",其地势险要,素有长江锁钥之称,自古以来就是兵家争夺要地。

春秋时期的"吴楚长岸之战"就发生在这里。六朝建都金陵,在西梁山屯兵据守。唐时在山上筑方圆十余里的却月城。清末设游击署于此,山上筑有炮台。

西梁山还是渡江战役的重要战场。1949年4月,中国人民解放军渡江战役在此拉开序幕,第三野战军九十师奉命攻打西梁山,与国民党守在这里的一个团,展开三天三夜的激战,攻克了"固若金汤"的西梁山阵地。为纪念在渡江战役中牺牲的先烈,1952年,党和政府在西梁山之阳建立了人民英雄纪念碑和纪念亭。

东梁山是一个孤立的岩石小山包,突兀于江中。山顶上矗立着一座巨大的高耸入云的高压输电塔,电缆线横空飞越大江,直至西梁山脚下,跨度1400余米,甚为壮观。

东梁山的东面,已辟为灵巧的小公园。山坡下是20世纪80年代建造的铜佛寺，不少游客到那里敬佛。寺庙旁有古色古香的超市，游人在这里购物、歇脚。小广场的一边，矗立着一尊李白雕像，他挺胸远望，注视着江面，似在吟咏一首新作。李白雕像下就刻着他的这首诗。

江边有渡船码头和凉亭，从码头可以乘船直到对岸的西梁山，并可以完整地领略"天门中断楚江开"的景象。

不过，从这里看东梁山，只能看到平缓的山坡，完全没有西坡那样陡峭的绝壁。向对岸望西梁山，也只是一座平常的小山而已，很难体会"两岸青山相对出"的意境。

看来，任何事物都有它的多面性，或者说，从不同的角度，可以看到事物不同的特征。

⊙东梁山夕阳

# 夜宿山寺

李白

危楼高百尺,
手可摘星辰。
不敢高声语,
恐惊天上人。

这首诗,李白写于湖北省黄梅县蔡山江心寺。

这天晚上,李白下榻这里,发现寺院后面的山顶上有一座很高的藏经楼,于是登了上去。抬头仰望,只见星光闪烁,仿佛伸手就能摘到星星,李白诗兴大发,写下了这首写景短诗。诗人借助大胆的想象,把山寺的高耸写得极其逼真,将一座几乎不可想象的宏伟建筑展现在读者面前,给人身临其境的感觉。此后,人们便称那藏经楼为摘星楼。

⊙江心寺

关于蔡山的诞生,当地流传着一个有趣的神话。从前有个暴君,讨厌庐山挡住了庐江水,决心要把庐山赶出庐江。于是,他用赶山鞭抽打庐山,抽了九十九鞭,庐山一动不动,只留下九十九条鞭痕。现在庐山的九十九凹就是那九十九条鞭痕。庐山被惹怒了,不仅要挡住庐江的水流,还要挡住九江的水流,于是突然喷出一堆土石,横挡在九条江的汇合处。就这样,蔡山诞生了。

古时候,蔡山是长江冲积平原的一座孤峰,涨水时节,蔡山在长江中心,所以蔡山上的寺庙得名江心寺。江心寺始建于唐代,千百年来,几经毁建。

现在来到这里,可以看到江心寺已被重建,庙宇在阳光下十分鲜亮。山脚下的山门上,写着"江心寺"三个大字。走进寺里,半山腰处有一尊高大的菩萨塑像,下面是一排菩萨。人们说,这代表着菩萨的三十二个化身。

蔡山是这片平原上突起的一座山,江心寺就在一处山坡上,不用登楼就可以望远——山下是长满庄稼的田野,阡陌纵横,村舍掩映其中。

以前这里山下就是长江水,如今长江已改道,离这里十几千米。又一个见证沧桑变化的地方!

来到山顶上,找不到摘星楼,古建筑已经倒塌,正在重建,刚打好地基。游人至此难免有些遗憾。

在江心寺,另一个著名的景点是晋梅。相传,晋代有位高僧叫支遁,为选择佛场遍访名山,最后他选了蔡山。他在这里修建庙宇,在山顶建了摘星楼,并亲手在山坡下栽种了一棵梅树。这棵梅树,花为白色,花蕊粉红,馨香四溢。它的奇特之处,是常常一年之内两度开花,人称二度梅。据传,当年陶渊明多次从庐山脚下来此,专为欣赏此梅。

这株晋梅现在依然活着,但已被铁栅栏保护起来。它铜枝铁干,新枝不断,每年按时怒放,是我国四大古梅之一,堪称国宝。

有人说,人不可有傲气,但要有傲骨。梅花是有傲骨的,敢于"凌寒独自开"。

⊙晋梅

# 渡汉江

宋之问

岭外音书断，
经冬复历春。
近乡情更怯，
不敢问来人。

宋之问，山西汾阳人，初唐时期的著名诗人。

在武则天执政时，他一度受到宠幸；武则天去世后，唐中宗将其贬为泷州（今广东罗定）参军。唐时，泷州属于极为边远的地区，贬往那里的官员因不适应当地的自然地理条件和生活习俗，往往不能生还。宋之问在这里吃不了那般苦，于是，便冒险逃回洛阳，在他途经汉江，就是现在襄阳附近的一段水路时，写下了这首诗。

⊙襄阳古城门

按常理说，一个离开家乡很久的游子，能踏上归途，在离家乡越来越近时，应当是欣喜之情越来越强烈。宋之问却偏说"近乡情更怯，不敢问来人"，完全是反常心态。

关于这一点，大多数的解释是这样：诗人离家太久，怕听到家人有什么不幸的消息。

然而，真实情况可能不是这样简单。

宋之问在二十多岁时就考取了进士，那时的他身材魁梧、仪表堂堂。这时已是皇后武则天把持朝政，她励精图治，选拔人才，不拘一格，宋之问因为有才被重用。在后来的十五年间，宋之问很快升为五品学士。这本应是可喜可贺的事情，可是，从各种资料看，宋之问擢升得很不光彩。

他先是极力巴结武则天的男宠张易之、张宗昌兄弟。武则天去世后，宋之问被贬到泷州。后来，他偷偷地逃回洛阳，藏在朋友张仲之家里。当时张仲之和王同皎密谋诛杀宰相武三思，恰好被宋之问听到。他派自己的侄子向武三思告密，靠出卖朋友、出卖良心，获得了荣升。

还有，宋之问有一个外甥叫刘希夷，与宋之问年龄相仿，中了进士但无心做官。有一次，刘希夷写了一首题为《代悲白头翁》的诗，宋之问看后赞不绝口，尤其喜爱诗中"年年岁岁花相似，岁岁年年人不同"这两句。宋之问想让外甥将这首诗让给自己，刘希夷实在难以割爱。宋之问竟然用"土布袋"将外甥活活压死。可怜才华横溢的诗人刘希夷，去世时才二十九岁。"土布袋"，就是把人捆了，将一个盛了泥沙的布袋，压在这人身上，不消一个时辰，人便死去。

唐玄宗李隆基即位后，宋之问被赐死，结束了他的人生旅程。

所以有人说，宋之问过汉江时，"不敢问来人"，是他做了太多坏事，愧对家乡亲人。另外，他这次回来是偷偷逃回来的，不敢让人知道。

现在来到襄阳城外，踏上汉江大堤，能见到的是江水在静静向东奔流，早已不见了宋之问的身影。

两岸绿树成荫，树下是嫩绿的小草，小草中零星地点缀着美丽的小黄花，那是蒲公英撑起的小伞。远处，滑动着几只游船，水中还有人在游泳。

这完全是一幅美妙的山水画啊，如何能与宋之问的所作所为联系到一起？

才华固然可贵，但人品更重要！

⊙襄阳城外的汉江

## 回乡偶书二首·其一

贺知章

少小离家老大回,
乡音无改鬓毛衰。
儿童相见不相识,
笑问客从何处来。

贺知章在八十六岁这年辞去官职,告老返乡。这时,距他离乡已有五十多个年头。诗人走在故乡熟悉而又陌生的环境中,心情很不平静,儿童不相识而发问的情景,更让他感慨万千,便写下了这首长期客居异乡、缅怀故里的感怀诗。

贺知章的故乡位于现浙江省绍兴市鉴湖边。鉴湖古时称镜湖。

贺知章在朝廷为官时,德高望重,玄宗李隆基对他非常敬重。八十六岁这年,贺知章得了一场大病，差点去世。病情好转后，他便上奏皇上，请求回乡当道士，并要把自己在京城的家捐赠出来做道观。玄宗准许了他的请求，在贺知章离开京城时，又下诏百官在京城东门为他饯行。这还不算，玄宗还亲自写了两首诗为他送行。可见贺知章的为官、为人是何等不简单。

循着贺知章的诗句来到他的家乡，镜湖早已成为历史，现在的鉴湖无法与古时的"三百里镜湖"同日而语。

现在的湖边，高楼林立，宽阔的马路四通八达，车来人往，一片繁忙。

不知当年贺知章回家走的是哪一条小路。

站在湖边，还原当年贺知章回家的情景，是一幅活灵活现的画面。本是写哀情，却借了欢乐场面；虽是写自身，却以儿童问话的形式体现，极富生活情趣。

这首诗的成功，在于诗人对家乡的情感表达得自然、逼真，发自肺腑，读者在不知不觉中被引入诗的意境。

家，永远是心灵栖息的港湾，不管你离开它有多远，不管你离开它有多久。

⊙水如明镜的鉴湖

# 登鹳雀楼

王之涣

白日依山尽，
黄河入海流。
欲穷千里目，
更上一层楼。

鹳雀楼位于山西永济市西南的黄河岸边。

《登鹳雀楼》问世之际，人们只觉得它意境非凡，并不知道作者是谁。据传，女皇武则天读了此诗大加赞赏，问亲信李峤此诗是谁写的，打算好好封赏。李峤灵机一动，当即回答是自己的好友朱佐日写的。武则天立刻将朱佐日召来，赏了彩绸百匹，加封御史官衔，以示对天下才子的嘉奖和恩宠。而此诗的真正作者王之涣，却因为无人知晓，一直过得穷困

⊙鹳雀楼

潦倒。

王之涣早年曾在冀州衡水县（今河北衡水）做一个小官，不久因遭人诬陷而罢官，不到三十岁就过上了访友漫游的生活。

出永济市区向西，行不多远，快到黄河边的时候，就会看到鹳雀楼突然出现在眼前。它高大、宏伟、飞金流彩，在阳光下熠熠生辉。

鹳雀楼由北周大将军宇文护建造，是一座军事戍楼，古时候也称鹳鹊楼，因常有鹳鹊在楼上栖宿而得名。元朝初年，鹳雀楼毁于战火。数百年来，无数文人雅士只能站在仅存的遗址上，望着滚滚而去的黄河水感叹。

眼前的鹳雀楼是2002年在旧址上重建的，可以让人们得以重新体味古人的登临之感。

一步步登上楼去，直登到最高层，凭栏向西一望，宽宽的黄河横在脚下，黄河水在阳光下浮光跃金，它温和地流淌着，浅浅的样子，好像挽起裤脚就可以走过去。黄河西岸是无尽的原野，在遥远处，一抹灰色的山影镶于天边。

　　站在这里，你会真切地体会到，欲穷千里之目，确需登楼更高层啊！

　　写这首诗的时候，王之涣只有三十五岁。在这里，你能体会到诗人当年登高望远时，表现出来的胸襟和抱负，感受到他积极向上的进取精神。

　　尽管唐代的鹳雀楼上面题有王之涣的千古绝句，但后来的诗人似乎要与王之涣一比高低，在这里写下了一首首美丽的诗篇，因此后人称鹳雀楼为赛诗楼。

　　千年之后，黄河没变，青山没变，变了的，是楼上的人。

　　在王之涣塑像前，望着西面天空上的太阳，一位青年人说："真想展翅飞进太阳里面去。"

　　好似他女友的姑娘说："我可不敢，别熔化了。"

　　一位戴眼镜的中年人说："西面的山峰伸长了脖子，是想亲吻太阳。"

　　哪怕是处在同一位置，在不同心态人的眼里，看到的却是不同的风景。

⊙站在鹳雀楼上看到的"白日依山尽"

# 凉州词

王之涣

黄河远上白云间,
一片孤城万仞山。
羌笛何须怨杨柳,
春风不度玉门关。

提起玉门关,首先要回顾张骞出使西域的历史。丝绸之路开通后,东西方贸易交流日渐繁荣,为确保丝绸之路安全与畅通,汉武帝下令修建了玉门关和阳关。玉门关,因西汉时西域的美玉,多经此关进入中原,因此而得名。那时这里是一个十分繁华的关隘,是古代通往西域的要道。

王之涣这首诗写戍边士兵的怀乡,写得苍凉慷慨,虽极力渲染戍卒不得还乡的怨情,但却没有半点消沉的情调,充分表现出盛唐诗人的广阔

⊙玉门关遗址

胸怀。

据传,清朝末年,慈禧太后让一位书法家题扇,那位书法家就书写了他最喜欢的这首王之涣的《凉州词》。谁知,书法家在书写时漏掉了一个"间"字。慈禧太后看后勃然大怒,认为这是书法家在故意戏弄她,要把他斩首示众。书法家急中生智,连忙解释说:"老佛爷,我如此写来是有原因的——这是巧借王之涣诗意填的一首词呀!"好在古时写诗文是不用标点符号的,书法家当场提笔断字,吟诵道:"黄河远上,白云一片,孤城万仞山,羌笛何须怨?杨柳春风,不度玉门关。"慈禧太后听罢,转怒为喜,赐书法家黄金百两压惊。

玉门关又称小方盘城,耸立在敦煌城西北九十公里处的一个沙石岗上。出敦煌往西北,沿沙漠里细细的柏油路向前行,一路上除了黄沙再也看不到别的风景。

路上往往会遭遇风沙,不时地有旋风出现,旋起黄沙,柱子一般顶天立地,空中尽是飞扬的沙尘。

一直走到这条公路的尽头,当玉门关突然出现在你面前时,你一定会大吃一惊。

也许你原来会想,这里是一个小城,起码也应该是一个小镇。然而你错了,这里连一户人家也没有,在旅游淡季,这里只有一位景区管理员。

向前望,映入眼帘的是广袤的荒原。虽然早已是春深时节,在这里,却见不到一点春色,真的是"春风不度玉门关"啊!

一个简易的木门楼上写着:玉门关。门楼后面是古代留下的玉门关遗址。辽远的天空,无尽的荒漠,苍老的岁月——这就是大名鼎鼎的玉门关。

关城呈方形,四周城垣保存完好,城墙高达十米,登上古关,举目远眺,只见四周沟壑纵横,长城蜿蜒,烽燧兀立,胡杨挺拔。有风的日子,你还会看到漫天的黄沙。

这时,游人往往心驰神往,百感交集,怀古之情,油然而生。

前面再也没有路了,所有来到这里的行人和车辆,都要原路返回。在别处,一般遇不到这样的地方。

当年那样繁华的玉门关为什么会变得如此荒凉呢?许多游客会产生这样的疑问。

有人给出了这样的答案:今天不是昨天。

⊙玉门关外

# 春晓

孟浩然

春眠不觉晓,
处处闻啼鸟。
夜来风雨声,
花落知多少。

这首诗是孟浩然隐居鹿门山时所作。诗人抓住春天早晨刚刚醒来时的一瞬间展开联想,描绘雨后春天早晨的景色,表现了春天里诗人内心的喜悦和对大自然的热爱。

鹿门山在湖北襄阳城东南约十五公里处,是中国历史文化名山,因汉末名士庞德公,唐代著名诗人孟浩然、皮日休相继在此隐居而闻名遐迩,后人称之为"圣山"。

鹿门山原名苏岭山,濒临汉江,与环抱四周的狮子山、香炉山、霸

⊙孟浩然读书处

王山、李家山等,共同构成了圣山风景。远远望去,云遮雾绕,忽隐忽现,叫人心驰神往。

当年,汉光武帝刘秀慕名而来,留下了一段传奇故事。刘秀在苏岭山梦见两只梅花鹿在此化为山神,遂命人在山上建祠,刻两只石鹿放于道口,百姓称之为鹿门庙,后来这山就被称为鹿门山。

年轻时的孟浩然一心要到外面的世界施展抱负,却屡试不第。那年在长安落第后,诗人王维曾邀他到自己供职的翰林院见面,谁知唐玄宗忽然大驾光临,孟浩然慌忙躲到了床下。王维不敢欺君,道出实情。唐玄宗没有生气,问他有何新作,孟浩然便吟咏了《岁暮归南山》。当他诵到"不才明主弃"一句时,唐玄宗很不高兴,说道:"你没有求官,我也没抛弃你,你怎么赖到我身上?"于是,孟浩然的仕途画上了句号。

后来他归隐鹿门山,并在这里写下这首脍炙人口的《春晓》。

踏入鹿门山,修竹丛丛,林木茂密,野花飘香,云雾缭绕,随心漫步,仿佛徜徉于仙境。

当年孟浩然勤奋读书的地方,现在建有还原他当年生活情况的浩然居、孟浩然纪念馆。纪念馆里有孟浩然生平简介、资料陈列,描绘了孟浩然的一生。

孟浩然在鹿门山留下许多诗作,比较著名的有《登鹿门山怀古》《夜归鹿门歌》等,都是诗中上品。

离浩然居不远处是鹿门寺,寺院初建时规模宏大、秀丽壮观,北宋时期最为兴盛,历代名僧常来此主持法事。后几经损毁,1980年才被修复成现在的样子。当年孟浩然在这里与寺僧结下了深厚友谊。

再向前走,上段高坡,是庞德公制药洞。汉末名士庞德公婉拒刺史刘表宴请,携家属登鹿门山采药不返,就住在这里。孟浩然归隐鹿门山,也有追随庞德公的内因。当年躬耕于隆中的诸葛亮曾拜庞德公为师,每次来求教,都跪拜在庞德公榻前。其虚心向学之心,令人敬仰。

制药洞前是一块平坦空地,很适合人们深思:唯有勤奋,唯有虚心,才能成为对社会有用的人。

⊙鹿门山坊

# 宿建德江

孟浩然

移舟泊烟渚,
日暮客愁新。
野旷天低树,
江清月近人。

诗中所说的建德江,就是浙江富春江上游新安江流经建德的那段。这段新安江,两岸翠岗重叠,郁郁葱葱,千仞石壁,临江卓立,历代诗人在此留下大量墨迹。

这是一首抒发旅途愁思的诗,尤其是诗中"野旷天低树,江清月近人"两句,非常鲜明地烘托了诗人孤寂、愁闷的心情,是传诵千古的名句。

孟浩然是唐代山水诗人的代表。据说,有一次他到长安参加文人诗

⊙江水清亮的建德江

会，即席写出"微云淡河汉，疏雨滴梧桐"的句子，大家看了都十分叹服，有的干脆搁笔不敢继续赋诗了。

当年，孟浩然泊舟在此的建德江现在是什么样子？

夏季，当你从闷热的他乡赶来，站立江边就会感觉到，这里是水至清、风至凉的"清凉世界"。这时，你会有神清气闲、心旷神怡的感觉。顺着江水向远处眺望，除了水清风凉之外，浩渺的江面上弥漫着蒙蒙白雾，青山和渔船若隐若现，你本人也被这白雾笼罩，恍若置身仙境，飘飘欲仙。

你知道这里为什么会是这样一个"清凉世界"吗？原来，1965年，新安江水电站竣工，库区蓄水形成一个巨大的人工湖，这就是闻名遐迩的千岛湖。湖的最深处达百余米，湖底水温一直保持在14度左右。湖水从大坝底层流出，低温水流与夏日气温有着近20度的温差，江面上因此出现或浓或淡的白雾，形成这如梦如幻的"清凉世界"。

新安江丰富的旅游资源，现在已得到充分的开发和利用。如今，这里有千岛浮翠、紫金锁澜、白沙奇雾、灵栖洞天、慈岩悬楼、严陵问古、双塔凌云、胥江野渡、七里扬帆和葫芦飞瀑等"新安十景"，把新安江装扮得更加靓丽，更具魅力。

沿着新安江边漫步，那才叫一步一景。

⊙云蒸霞蔚的建德江风光

# 黄鹤楼

崔颢

昔人已乘黄鹤去，此地空余黄鹤楼。
黄鹤一去不复返，白云千载空悠悠。
晴川历历汉阳树，芳草萋萋鹦鹉洲。
日暮乡关何处是？烟波江上使人愁。

　　黄鹤楼矗立于湖北省武汉市长江南岸的武昌蛇山之巅，整个建筑高大威武，具有独特的民族风格，散发出汉族传统文化的气质和神韵，有"天下江山第一楼"之称。

　　崔颢是唐开元年间进士，只做过几次小官。有一天，他来到黄鹤楼下，有感而发，写下这首诗，被人称为唐朝七律中的首篇。

　　传说，黄鹤楼由三国时期的孙权所建，那时只是夏口城一角瞭望守戍的"军事楼"。晋灭东吴，三

⊙新建的黄鹤楼

国归于一统,该楼失去其军事价值。随着江夏城的发展,该楼逐步演变成观赏楼。

关于黄鹤楼的传说很多,一说古代仙人子安乘黄鹤经过这里,一说费文伟在这里驾鹤成仙。仙人跨鹤,本来是虚构的故事,诗人却以无作有,说它"一去不复返",唯余天际白云,悠悠千载,正能表现岁月不再、沧桑变化,写出了那个时代登黄鹤楼的人们常有的心态,感情真挚。

传说,多少年后,李白登上黄鹤楼时,被楼上楼下的美景引得诗兴大发。正想题诗留念,忽然抬头看见楼上崔颢的题诗,他大为折服,说:"眼前有景道不得,崔颢题诗在上头。"李白因此搁笔,没有题词写诗,于是现在黄鹤楼旁就有了一座搁笔亭。

由于历代战乱破坏,黄鹤楼屡建屡废,仅在明清两代,就被毁七次,重建和维修十次，现在我们看到的黄鹤楼于1985年落成。

　　黄鹤楼所在的蛇山一带已被辟为黄鹤楼公园，种植了许多花草树木，还有一些牌坊、轩、亭、廊等附属建筑。走进黄鹤楼，第一层大厅的正面墙壁，是一幅表现"白云黄鹤"主题的巨大陶瓷壁画。画上飞来一只仙鹤，驮着一位吹长笛的老神仙。四周陈列着历代有关黄鹤楼的重要文献、著名诗词的影印本，以及历代黄鹤楼绘画的复制品。登上顶层，举目四望：波涛滚滚的长江横在黄鹤楼前，江面上轮船缓缓驶过，不时传来呜呜的汽笛声。长江大桥像一条巨龙横亘江水之上，桥面上行驶的汽车来来往往，川流不息。

⊙黄鹤楼上望长江

## 芙蓉楼送辛渐

王昌龄

寒雨连江夜入吴,
平明送客楚山孤。
洛阳亲友如相问,
一片冰心在玉壶。

芙蓉楼最早为东晋刺史王恭所建,原址在江苏省镇江市三山(日精山、月华山、寿丘山)中的月华山,唐代的时候还在,后来被毁。1992年,镇江市将这座历史名楼重建。现在它矗立于金山下塔影湖畔,总体建筑由芙蓉楼、冰心榭、掬月亭及湖中三座石塔组成,风景秀丽。

这里过去是镇江市区有名的人工湖,从湖西侧远眺金山,是绝佳的视角,可以看到整个金山倒映在湖水之中,所以后来改名为塔影湖。

⊙新建芙蓉楼

登上芙蓉楼，视野顿时开阔，金山古刹，近在咫尺，钟鼓余韵，随风悠悠。站在芙蓉楼上，可俯瞰公园里游人的身影、湖面飘荡的小船。来到湖边，这里荷塘碧绿，几株含苞欲放的新荷亭亭玉立，清新可爱。

金山寺依山而建，从远处看，只见金碧辉煌的寺塔和楼阁，而看不见山体，所以有"金山寺裹山"的说法。这里流传的白娘子水漫金山寺、梁红玉击鼓战金山、岳飞详梦、苏东坡打赌输玉带等民间传说，更使得金山寺家喻户晓。

王昌龄当年在芙蓉楼送客时，金山还在长江里，而现在，长江向北远远地退去，金山早已与陆地连在一起。

虽然现在我们所登的不是王昌龄当年送客的芙蓉楼，但毕竟是它的后代，仍能借此体会当年王昌龄送客的心情。

王昌龄早年贫贱，少年时农耕。大约二十岁的时候，王昌龄离开家乡，开始了一段学道的经历。不久，他便到长安谋求发展，没见什么成效，于是投笔从戎，西出长安，踏上出塞之路，写下许多著名的出塞诗篇。

到不惑之年，王昌龄才考中进士，但在仕途上一直不如意，后被贬至江宁，做了江宁丞这样一个小官。从长安赴江宁任所，他故意迟迟不去报到，在洛阳一住就是半年，每天借酒消愁。

此诗作于王昌龄赴任江宁丞之时，这时他正遭谤议，送别挚友时的凄凉心情可想而知。对洛阳好友，他唯有玉壶冰心可表。

安史之乱爆发后，五十九岁的王昌龄辗转回老家，途中经亳州，被亳州刺史闾丘晓杀害。

后来，张镐奉命平定安史之乱。这年秋天，他令闾丘晓率兵救援宋州（今河南商丘一带），而闾丘晓按兵不动，贻误战机，致使宋州陷落。为此，张镐处死了闾丘晓。行刑时，闾丘晓乞求张镐放他一条生路，说家有老母需要赡养。张镐道："王昌龄家里的亲人，靠谁来养呢？"人们说，是张镐替王昌龄报了仇。

因为王昌龄的这首诗，芙蓉楼名扬天下。

⊙塔影湖

## 九月九日忆山东兄弟

王维

独在异乡为异客，
每逢佳节倍思亲。
遥知兄弟登高处，
遍插茱萸少一人。

这是唐代诗人王维因身在异乡，重阳节思念家乡的亲人而写下的一首七言绝句。王维家居山西永济，在华山之东，所以题称"忆山东兄弟"。本诗的写作地点，是今河南省焦作市修武县境内的云台山。

那一年，王维才十七岁，在长安求职，往来于长安与洛阳之间。重阳节这天，他登上了云台山，遥想家乡亲人按风俗也在这天登高，遂吟咏出"每逢佳节倍思亲"的诗句。千百年来，这首诗打动了无数游子的思乡之心。

⊙茱萸峰下的王维塑像

  云台山因山势险峻、峰壑之间常年云锁雾绕而得名,如今已是集世界地质公园、国家地质公园、国家森林公园、国家水利风景区、国家级猕猴自然保护区于一体的著名风景名胜区。

  云台山以山称奇,以水叫绝,一年四季风景如画。这里可游览的景点众多,大多数游客第一站会选择红石峡。

  穿过栈道,进入红石峡,三步一泉,五步一瀑,十步一潭,步移景换,完全是一幅自然山水的美丽画卷。整个山谷都是红彤彤的山石,导游介绍说,这是因为石头中含铁量高,氧化后变成了红色。十二亿年前,这里是一望无际的海洋,后来地壳慢慢上升,这里就变成了云台山。

  顺着山谷前行,伴随着景色变化,不知不觉就到了泉瀑峡:只见瀑布飞泻,声如万马奔腾,形如珠帘悬挂半空。这就是三百一十四米高的亚洲第一高瀑——云台天瀑。

  红石峡景区出口处是子房湖,湖上有快艇在壮阔的青山碧水间驰骋,划出一道道水痕。据说,汉代张良帮助刘邦成就大业后隐居在这里,这就是"子房湖"名字的由来。

古代的云台山称"覆釜山"。因为云台山的主峰——茱萸峰,如同一口大锅倒扣在群峰之上。后来,因山上遍生芳香植物茱萸而改名"茱萸峰"。

茱萸峰下有王维塑像:他站在一高台上,手持书卷,目视远方,似在思念家乡的亲人。站在这里向茱萸峰眺望,云雾蒸腾,那忽聚忽散的云雾,把山峰衬托得更加高峻雄伟。

向茱萸峰攀登,山腰处有药王洞,相传是唐代药王孙思邈采药炼丹的地方。药王洞口有古红豆杉一株,树干粗壮,枝繁叶茂,树龄在千年左右,是国内罕见的名木。

登石阶、上云梯、过天桥,登上峰顶,这里有玄武宫,香火鼎盛,许多登顶的人都在这里挂同心锁,写祈愿牌,祈求神明帮助实现自己的心愿。山顶气候多变,倏忽间风起云生,白雾从山间涌出,山峰被云雾紧锁。眼前所见,白茫茫一片。等待良久,不见云雾消散,许多人在惋惜、感叹中失望而归。忽然,一阵强风吹过,云雾像羊群似的向天边散去。俯视脚下,群峰似海浪奔涌;极目远眺,黄河如银带飘逸在天边,真切十足的人间仙境。

⊙云雾缭绕的云台山

## 送元二使安西

王维

渭城朝雨浥轻尘，
客舍青青柳色新。
劝君更尽一杯酒，
西出阳关无故人。

这首诗是王维送朋友去西北边疆时所作，诗题又名"赠别"。安西，是唐朝政府为统辖西域地区而设的安西都护府所在地，治所在龟兹城（今新疆库车）。这位姓元的友人，是奉朝廷使命前往安西的。唐代从长安西行，多在渭城送别。渭城即秦都咸阳故城，在长安西北，渭水北岸。王维到渭城送别友人，正赶上细雨霏霏，柳枝摇曳。因此，他格外凄伤，有感而发，写下了这首感人至深的诗篇，写成不久便被广泛传诵。有人用它

⊙阳关古道

做了一首琴曲《阳关曲》,因该曲分三段,原诗反复三次,故又称《阳关三叠》。

阳关位于今甘肃省敦煌市西南七十公里南湖乡"古董滩"上,是汉朝防御西北游牧民族入侵的重要关隘,也是丝绸之路上中原通往西域及中亚的重要门户。因为它坐落在玉门关之南,所以取名阳关。在古时,这里一直是兵家必争的战略要地;宋朝以后,随着丝绸之路的衰落,阳关也被逐渐废弃。

现在来到这里,你会发现,昔日的阳关城早已荡然无存,仅剩一座被称为阳关耳目的汉代烽燧遗址耸立在墩墩山上,让后人凭吊。在山南面,有一片一望无际的沙滩,这里沙丘纵横,有一道道沙梁,沙梁之间为砾石平地,当地人称为"古董滩"。过去,古董滩沙丘之间的砾石平地上,散布着许多古代的钱币、兵器、装饰品、陶片等先人遗物。

登墩墩山西望,流沙茫茫,一道道错落起伏的沙丘从东到西排列,呈现给你的是无边无际的荒凉。从这里向西荒无人烟,自然是再无故人了。

站在阳关,你能切身体验到王维的送别之情,友人临行之际,"劝君更尽一杯酒",不仅有依依惜别的情意,而且包含着对远行者的祝福。

那时,元二不管是步行还是骑马,当他历尽长途跋涉、备尝艰辛寂寞走到这里时,是否会想起王维的送行?是否会回首望一眼千重云山之外的渭城?

如果,我们真的看到元二深情的回眸,是不是该挥一挥手,对他说:"去吧,莫愁前路无知己,天下谁人不识君。"

⊙近景为古董滩,远处山顶为汉代烽燧遗址。

# 竹里馆

王维

独坐幽篁里,
弹琴复长啸。
深林人不知,
明月来相照。

这是一首写隐者闲适生活情趣的诗,作于王维晚年隐居蓝田辋川时期。王维早年信奉佛教,思想超脱,加上仕途坎坷,四十岁以后就过着半官半隐的生活,常常独自坐在幽深的竹林里,弹着古琴抒发寂寞的情怀。这首诗描绘了诗人月下独坐、弹琴长啸的悠闲生活。妙在以自然平淡的笔调,描绘出月夜山林的意境;以弹琴长啸反衬月夜竹林的幽静;以明月的光影,反衬山林的昏暗,蕴含着一种特殊的艺术

⊙ 在建的"大唐王维苑"

魅力，使其成为千古佳作。

竹里馆，在王维所居辋川别墅，因房屋周围有竹林，故名。

辋川，在陕西省蓝田县城西南约五公里的尧山间，这里青山逶迤、层峦叠嶂，奇花野藤遍布幽谷，瀑布溪流随处可见，是秦岭北麓一条风光秀丽的川道。古时候，川内有一个欹湖，两岸山间有数条小河流向欹湖，从高山上俯瞰，它好像车轮的形状。"辋"指的是车轮外周同辐条相连的圆圈，因此这个地方被叫作"辋川"。历史上的辋川，是达官贵人、文士骚客心醉神驰的风景胜地。诗人王维选择这个地方隐居，在这里写出好多优美的诗篇，后汇编为《辋川集》。

我们从西安来到蓝田县城，再从蓝田县城到达辋川镇。小镇不大，看上去也不显古老，灰扑扑的临街老屋，多为砖石结构的两层小楼。街上行人稀少，显得很安静。询问一位老汉，他说王维故居就在前面。

再行二三里，隔河望过去，静静的高山下，一个"大唐王维苑"的巨幅牌子矗立着，王维当年隐居处到了。

我们走过去，发现王维故居还在重建中，虽然屋舍已不是当年的实物，不过从那古老的银杏树身上，仍能感受到王维存在的气息。标示牌子上写着，那棵银杏树是王维亲手栽植的。

刚完工的部分屋舍焕然一新，屋舍旁有丛丛修竹，似在告诉人们，这里就是当年的竹里馆。

想象当年王维隐居此处的心境，揣摩该诗的意境，修竹丛中，似飘来阵阵天籁，又像是王维在竹里馆"弹琴复长啸"。

心灵上的相通，可以跨越千年时空。

⊙新建"竹里馆"——竹林阁

# 山居秋暝

王维

空山新雨后，天气晚来秋。
明月松间照，清泉石上流。
竹喧归浣女，莲动下渔舟。
随意春芳歇，王孙自可留。

这首诗是王维山水田园诗的代表作之一，诗中描绘了秋雨初晴后的傍晚时分，山间的旖旎风光和山居村民的淳朴风尚。王维的诗总能出奇制胜，本来觉得很平常的事，经他描写，就有了新意，表现了诗人寄情山水田园、对隐居生活怡然自得的心情，同时又表现了诗人的高洁情怀。

站在王维故居的树林间，闭上眼睛，用心体会，似回到当年的那个晚上，与王维站在一起。天色已暗，夜幕降临，山林显得更加空寂，皎洁的

⊙此处山林曾经被唐代明月照,不过现在的山间林木却少有唐代遗存。

明月静静地照在松间,清清的泉水在山石上汩汩地流淌。这一切,都是那么幽静清明、美丽宜人。

一会儿,透过竹林,从那边传来一群天真活泼的姑娘的嬉笑声,又见一只渔舟拨开亭亭玉立的荷叶,缓缓驶来。山间有了生气,有了热情,有了生命,有了欢乐,真是一幅风景绝美的图画。

传说,在唐代王维故居前曾有一条宽宽的河流,出门要坐船,在十几里外才有一个小码头。现在的辋川,青山依旧,但那条小河常年干枯,无法与行船的景象联系到一起。

王维从年轻时就非常有才气,民间还流传着他赶考路上对对联的故事:

有一年,他进京赶考,傍晚走到一处荒野,这里只有一座小茅屋。王维过去敲门,过了半天,一位年轻的姑娘出来开门。姑娘知道他想投宿后,微微一笑道:"我爹爹说了,来的客人如果对上了对联,就可以留宿;如果对不上,恕不接待。"

姑娘出了这样的上联:"空空寂寞宅,寡寓安宜寄宾宿?"

王维一听,这个上联所有的字都是宝盖头,觉得有点难。但他毕竟才华过人,想一想刚才一路的辛苦,随口对出了下联:"迢迢递迤道,适逢邂逅遇迷途。"

姑娘听了王维的对联,连连称妙,把他迎进家中,盛情款待。

王维的一生是深爱辋川的,他的母亲去世后,就葬在这里;他去世后,就葬在母亲旁边。他永远与这里的山水融为一体。

⊙如今的辋川山间小溪,让人联想到当年王维所说的"清泉石上流"。

# 鹿柴

王维

空山不见人，
但闻人语响。
返景入深林，
复照青苔上。

这首诗描绘的是鹿柴附近的空山深林在傍晚时分的幽静景色。

诗人先写山中见不到人迹，接着笔锋一转，听到山中有人说话的声音。空谷传音，更见其空；人语过后，更添寂静。下面又写夕阳余晖照进树林，更增添了幽静的感觉。这首诗，创造了一种幽深而光明的象征性境界，表现了作者修禅过程中的豁然开朗。

王维的田园诗，总有那空旷高远、行云流水的意境，读之如身临其

⊙辋川图

境、心旷神怡。这首诗体现了他的一贯风格,其绝妙处在于以动衬静,清新灵巧,自然天成。

现在,这里的山上依然是林木茂盛,郁郁葱葱。山坡有些陡峭,没有路可走,我们手扯着茂盛的青草,小心翼翼地走进空山丛林之中。

我们的感受是,不但"空山不见人",而且不闻人语响。找了一个平坦处,将心情平静下来,模仿着王维的样子,体味那空谷传音的感受:整个山谷真的静悄悄,偶尔能感受到微风从树枝间经过的气息。

有许多风景,不一定要用眼睛去看,只要用心去体会就行。用心体会所得,有时比眼睛看到的更加深刻。

身临其境,才能真正体会到王维这首小诗的无限魅力。

王维晚年隐居辋川时，还作过一幅山水画《辋川图》。画面上群山环抱，树林掩映，亭台楼榭，古朴端庄。别墅外，溪水潺潺，舟楫过往，呈现出悠然绝俗的意境。

与苏轼同时代的著名词人秦观，曾有这样一次神奇经历：那一年，秦观在汝南郡当学官，肠炎发作，卧病在床，虽然一直用药，却一直无法治愈。有一次，好友高符仲携带王维的《辋川图》来探望秦观。秦观大喜，命人将《辋川图》在床下展开，他趴在床上观赏。同时又禁不住吟诵了王维的《鹿柴》等诗篇，没过几天，秦观的病很快就好了。

由此可见王维作品所具有的非同寻常的艺术感染力。

如此神奇的作品，就诞生于我们的脚下。透过摇曳的枝叶望过去，对面的山坡上洒满了夕阳，茂密的林木涂上了一层金黄。而我们身处密林，却感受不到夕阳的壮美。

有时候，欣赏美是需要一定距离的。

⊙现在"王维旧居"前"空山不见人"

# 望岳

杜甫

岱宗夫如何？齐鲁青未了。
造化钟神秀，阴阳割昏晓。
荡胸生层云，决眦入归鸟。
会当凌绝顶，一览众山小。

杜甫二十四岁那年，到洛阳考进士，结果没考中，心中很是失落，于是他漫游河南、河北、山东一带。这首诗，就是他在漫游途中登泰山所作。这是现存杜甫诗中年代最早的一首，字里行间表露出不凡的气势和意境，洋溢着青年杜甫蓬勃向上的朝气。

泰山的名气太大，文化内涵极深，历代文人墨客多慕名游览，留下了数不清的诗词歌赋。但是，现在一提起写泰山的诗，大家首先想到的，

⊙泰山云海

往往就是这篇《望岳》。如今,泰山上的《望岳》石刻有四处,由此可见此诗的知名度。

提起泰山,不管是历史记载,还是人们平时谈论,往往会用"五岳独尊"这个词,这是因为,泰山有着得天独厚的地理位置和深远的历史背景。

先秦时期,泰山就已成为中国最有名的山。秦始皇虽然是有历史记载以来最早登封泰山的君王,可正式创立五岳制的却是汉武帝。他按"五行说",用不同方位的五座名山代表江山社稷。

在中国古文化中,东方处处占有优势,成了生命之源、万物之本。泰山地处中国东方,自身又有拔地通天、雄风盖世的威仪,是一座离天最近、沐浴阳光最早的山峰,很自然便成为人们心目中希望和吉祥的象征。在这种情况下,泰山被尊为五岳之首,也就顺理成章了。

在秦始皇之前,就已有七十二位君王到泰山举行了封禅大典,有史料可查的就有十二位。也许是一种巧合,自秦始皇封禅泰山并载入史册后,到泰山举行封禅大典的君王恰好也是十二位。

在封禅过程中，唐玄宗加封泰山神为"天齐王"，宋真宗加封泰山神为"天齐仁圣帝"，泰山神地位之高令人瞠目。一座自然形成的山岳，不断地接受历代最高统治者的封禅和祭祀，并且时间长达数千年，这在中外历史上是绝无仅有的。

有人统计过，从一天门经中天门至玉皇山顶，共有6290级石阶，虽然现在有车直通中天门，中天门到南天门还有索道，但仍然有许多人喜欢一直从山下登山。这才叫登山。

登泰山的路上，景点众多，有摩崖石刻，有亭台小桥，美不胜收。回头向远眺望，但见山峦绵延起伏，云雾缭绕，令人心旷神怡。

登临最高峰，居高临下看世界，玉皇庙香烟袅袅，天街上人来人往，云雾飘游在脚下，仿佛置身于天庭一般。放眼远处，辽阔无垠的天空下，群山如波浪起伏，一望无际。

与泰山相比，它们真的显得很渺小。

登山一定要登顶，只有登顶，才会有"一览众山小"的视野啊！

⊙ 岱顶霞光

# 绝句

杜甫

两个黄鹂鸣翠柳，
一行白鹭上青天。
窗含西岭千秋雪，
门泊东吴万里船。

杜甫在成都居住的那段时间，他的好友严武在成都为官，在各方给他帮助，他的心情很好，情不自禁，写下这一首即景小诗。

杜甫在这里居住了近四年，因曾被授"检校工部员外郎"官衔，而又被人称作"杜工部"。几年后，严武病逝，失去依靠的杜甫，只得携家带口告别成都，两三年后经三峡流落荆湘等地。

杜甫离开成都后，草堂无人管理，逐渐废弃。是晚唐诗人韦庄在这

⊙山水图。山峦—溪水—茅舍—林木。

里寻得草堂遗址,重结茅屋,使其得以存续。后来杜甫草堂经宋、元、明、清多次修葺,演变成一处集纪念祠堂格局和诗人旧居风貌为一体的博物馆。

进了杜甫草堂公园的大门,就有一种超凡脱俗的感觉,好像这里的阳光、绿树、青草,都比外面的清新。

没想到今日的草堂,古朴典雅、规模宏伟。园内有蔽日遮天的香楠林、傲霜迎春的梅苑、清香四溢的兰园、茂密如云的翠竹苍松。整座祠宇既有诗情,又富画意,成为人文景观和自然景观结合的园林。草堂博物馆内珍藏有各类资料三万余册,文物两千余件,是有关杜甫生平创作馆藏最丰富、保存最完好的地方。

## 去看看唐诗诞生的地方

游览草堂，一定要亲眼目睹《茅屋为秋风所破歌》中那座名扬天下的茅屋。1997年，在杜甫草堂博物馆内，依照杜甫诗句中的描述，重建了一个"茅屋景区"。茅屋的正中为堂屋，左右为卧室，东头为厨房，体现了杜甫当年的生活场景。

草堂的那个小窗，仍含着"西岭千秋雪"；草堂的那个小门，曾泊过"东吴万里船"。

伫立茅屋前，不能不让人感慨万千。那一年秋天，一阵大风把杜甫简陋的茅屋吹破，他想到的不是自己，而是"安得广厦千万间，大庇天下寒士俱欢颜"，并且"何时眼前突兀见此屋，吾庐独破受冻死亦足"。这种胸怀，不能不使人动容。

为什么一千多年来杜甫那样受人尊重？就是因为虽然他自身贫困，但心里总是装着别人。

⊙杜甫草堂

# 春行即兴

李华

宜阳城下草萋萋,
涧水东流复向西。
芳树无人花自落,
春山一路鸟空啼。

唐时的宜阳城,位于现河南省宜阳县韩城镇福昌村附近。

诗人李华曾官至监察御使,安禄山攻陷长安,被迫任凤阁舍人,接受伪职。"安史之乱"平定后,他被贬为杭州司户参军。

"安史之乱"前,宜阳是一座天然大花园,每年都吸引着皇室、贵族、文人墨客前来观赏。一场战争过后,这里变得一片狼藉。

这年春天,作者经过宜阳。诗人站立城头放眼远望,只见大片土地荒

⊙宜阳城外的田野

芜，处处长满了茂盛的野草。太平时期，登上那武后、玄宗曾走过的"玉真路"，不仅可观看"鸣流走响韵，含笑树头花"的美景，而且可看到农民利用涧水灌溉的万顷良田。但此时，这里清泠泠的山泉却无人用于灌溉，而是任其"东流复向西"了。昔日，这里的香竹、古柳、怪柏、苍松，无不吸引着众多游客；而今，无人来此观赏烂漫的山花，花儿只好自开自落；林中虽有鸟语婉转，但也是自鸣自听。一切都是那么的寂静荒凉。

看着眼前景物，想想自身的遭遇，诗人即兴抒发了"国破山河在，花落鸟空啼"的悲情。

现在来到福昌村附近，已看不到诗人当年登临的古城。经查阅资料和找人指点，才在村后山坡的田野里找到一点古城墙的影子。在一处庄稼地边，横着一条长长的土堆，上面长满树木和杂草。如果不是有人指点，你永远也不会将它与古城墙联系到一起。

能证明这里是古宜阳遗址的，应该是福昌阁。进了村，转过一处房屋，眼前猛然一亮，福昌阁那一层层错落叠加的飞阁殿宇，一重重高挑翘檐的铜铃兽脊，以威凛的姿态高耸在我们面前。

隋朝的时候在此建有福昌宫，不过我们现在看到的建筑始于明代，清代进行了全面修葺。阁顶覆盖黄绿琉璃瓦，阁前筑有一百二十余级石阶，气势雄伟。拾级而上，感觉那青石台阶异常陡峭。福昌阁是一处道观，阁下三面台壁上有神龛洞窟三十余个，供奉着吕祖、华佗、老君、鲁班、药王、西佛等儒释道众多神祇。当地人说，每月的初一、十五，这里香火缭绕，诵经声不断。

站在福昌阁的高处，放眼远眺，绿树已把村庄淹没大半，隐隐可听到人们的笑声、歌声。远处那翠绿的田野上，庄稼茂盛，透出勃勃生机。福，百事皆顺之意；昌，百事兴盛之意。在漫长的岁月中，福昌阁不断被人们保护与维修，并且他们不分流派，将儒释道众神一并供奉，表达了人们对美好生活的向往。

⊙福昌阁

## 逢入京使

岑参

故园东望路漫漫,
双袖龙钟泪不干。
马上相逢无纸笔,
凭君传语报平安。

写这首诗的时候,诗人岑参已三十四岁,功名不如意,无奈之下,出塞任职,到安西节度使高仙芝幕府任书记。他告别了在长安的妻子,跃马踏上漫漫征途,西出阳关,奔赴安西。那时安西节度使常驻安西府城龟兹,即现在的新疆库车。

也不知走了多少天,就在通往西域的大路上,岑参忽然迎面遇见一位老相识。他与之立马而谈,知道对方要返京述职,情不自禁地回头望望京城的方向,心中有些感伤,同时想

⊙甘肃瓜州一带的村落和农田

到，要请他给家人捎个口信，报个平安。此诗就描写了这一情景。

当时西北边疆一带，战事频繁，岑参怀着到塞外建功立业的志向，两度出塞，前后在边疆军队中生活了六年，因而对边疆的征战生活和苦寒的塞外风光有深入的观察和体会。他充满激情地歌颂了边防将士的勇敢精神。

岑参也对边疆景色给予生动夸张的艺术描绘，如《白雪歌送武判官归京》诗中的"忽如一夜春风来，千树万树梨花开"，写的是边塞风雪，却给人以春意无边的感觉。

那时的岑参是一位意气风发、胸怀壮志的青年，他迎着边塞的风雪，驰骋在大漠边关，往来于天山、轮台、交河等地。由于这一时期岑参融入了边塞，他的诗作成为边塞诗派的代表。

前几年，在新疆吐鲁番市以东的阿斯塔那—哈拉和卓古墓群的考古发掘中，意外发现了盛唐时期岑参留下的一纸账单。

在阿斯塔那古墓中，很多死者都罩着一个纸糊的没有底的棺材，还有纸糊的衣帽、鞋子等随葬品。可能是古代纸张稀少的原因，用过的纸不会随便扔掉，而是被再做他用。这些随葬品所用的纸，多是当时使用过的文件、档案、书信、账本等。

出土的账本上记录着："岑判官马柒匹共食青麦三豆（斗）伍胜（升）付健儿陈金。"史学家认定，那时，这一带的判官只有岑参姓岑。这笔账说明，岑参等人的七匹马在驿站用了马料，把马料钱付给了驿卒陈金。这张账页被人糊在了一个纸棺上，一千多年后，奇迹般地被考古工作者发现。

当年岑参究竟是走到哪里遇到了相识的朋友，现已很难确定，但人们认为他一定是走的唐代故道，经过武威从阳关或玉门关入新疆，到达库车。因此，他们相逢的地方，也许是这里的荒山野岭，也许是无边无际的戈壁荒漠。

有人根据他出发的时间及行走速度，推测两人的相遇应该在荒漠的边沿。在那"西出阳关无故人"的地方，遇到返京的友人，心有所感，难怪会"双袖龙钟泪不干"。

不管心中有怎样的感慨，人还是要继续前行，毕竟，前方有别样的风景。

⊙甘肃瓜州戈壁滩

## 山房春事

岑参

梁园日暮乱飞鸦，
极目萧条三两家。
庭树不知人去尽，
春来还发旧时花。

西汉初年，梁孝王刘武在睢阳东南"平台"一带大兴土木，建造了规模宏大、富丽堂皇的梁园。园内建造了许多亭台楼阁，以及百灵山、落猿岩、栖龙岫、雁池、鹤洲、凫渚等景观，种植了松柏、梧桐、青竹等。建成后的梁园，周围三百多里，宫观相连，奇果佳树错杂其间，珍禽异兽出没其中，使这里成了景色秀丽的人间天堂、游览胜地。

这就是诗中说的梁园，地点在河南省商丘市梁园区。

⊙平台镇沈楼村梁园遗址的银杏树

现在,这里供人游览的遗址还有睢阳城旧址、清凉寺、三陵台、平台等。

唐代的梁园范围太大,无法确定某一个点是梁园,只能说这几个点都属于梁园。

现在梁园区的平台镇,在古时"七台八景"中属七台之一。当年李白游览"平台",曾写下"天阔海远厌远涉,访古始及平台间"的诗句。

那我们就选"平台"为观察点吧。

平台镇这里一马平川,区位优势独特,交通条件优越,贯穿我国东西的陇海铁路和跨越南北的京九铁路在此交汇,商亳高速公路纵穿全镇南北,形成"黄金枢纽"。

平台镇最能代表梁园遗风的是沈楼村古银杏树。

尚未进村,远远地就看见那高大的银杏树冠。来到树下,发现这里竟是一个小广场,遮天蔽日的巨大树冠下,人们享受着难得的清凉,打麻将、下棋、哄孩子,这里像小集市一样热闹。

树的旁边有一处石碑,上面刻着:据考证,该树为西汉梁园遗存之树,已有两千多年历史。相传,这里也曾是明代"天下三大贤"之一沈阁老——沈鲤的后花园。

这棵古老的银杏树虽经历了两千年风霜雪雨,却依然粗壮、高大、威武,龟裂的黄褐色表皮就像铠甲。当地村民把这棵古树视为神树。北面还建有一座寺庙,叫白银寺,寺里供有"白果爷爷"和"白果奶奶"塑像。一位村民说,每到初一、十五,善男信女云集,在这里焚香祈福。

站在树下四处望去,除了普通的民房,就是成片的田野,再也见不到古代梁园的痕迹,倒有点像诗人岑参当年游梁园的景象——亭台颓废、物是人非,引得诗人用含蓄的语言表达了沉痛的情感。

其实,诗人又何必悲哀呢?年年秋草黄,季季春草绿。如今,这里没有了高墙深院,却有了铁路如虹;没有了亭台楼阁,却有了万顷良田。

无论何时,都不要为已经失去的昨日惆怅,而要为即将到来的明天高歌。

⊙梁园遗址

## 枫桥夜泊

张继

月落乌啼霜满天,
江枫渔火对愁眠。
姑苏城外寒山寺,
夜半钟声到客船。

张继考取进士的第三年,爆发了安史之乱。因为当时江南政局比较安定,所以不少文士纷纷逃到今江苏、浙江一带避乱,其中包括张继。

在一个秋天的夜晚,张继行至苏州,泊舟于城外寒山寺旁的枫桥。江南水乡秋夜幽美的景色,使他领略到一种情味隽永的诗意美,勾起他满怀的愁绪,遂写下这首意境清远的小诗。

传说唐武宗酷爱张继的这首诗,在他去世前的一个月,命京城第一石

⊙枫桥夜泊处

匠吕天方精心刻制了一块《枫桥夜泊》诗碑，在自己升天之日，将此石碑一同带走。唐武宗驾崩后，此碑被置于武宗地宫，立于棺床旁。

张继的《枫桥夜泊》，在日本也家喻户晓，还被选入日本小学课本。1929年，日本青梅山仿照寒山寺建了一座寺庙，也叫寒山寺，在其附近溪流之上也架起一座"枫桥"。

在很多人的脑海里，寒山寺就是一幅活动的图画：宽宽的江面上渔火点点，乌蓬船缓缓行驶，孤独的寒山寺被隔在对面的江边，夜半时分，诗人因思念家乡而难以入眠，凭栏倾听寺里传出的钟声。

寒山寺最初叫妙利普明塔院，唐朝时才叫寒山寺。寒山寺并非因山得名，而是因人得名。唐代，寒山、拾得两位高僧到这里主持佛事，后人为纪念他们，改寺名为寒山寺。

寺外有铁岭关，又称枫桥敌楼。明朝时，倭寇火烧阊阖门枫桥一带，一年后倭寇又自浒墅关窜犯枫桥，经苏州军民英勇奋战，终于将其全歼。为了加强金阊一带的防卫，人们在这里建起枫桥敌楼，平时可以登高望远、巡视戒备，战时可以举烟报警、藏军固守，与关前的河道、桥梁构成一道扼守苏州城西的重要军事屏障。

铁铃关是古驿道和古运河进入苏州城的水陆交通要塞。桥关相连，是江南古关隘的典型，至今已很少见。登关远眺，古镇风貌尽现眼前，粉墙黛瓦，错落有致。客船渔火，舟楫往来。

铁铃关是苏州唯一保存较为完好的抗倭关楼遗迹。

枫桥，就在铁岭关下，犹如一弯新月横跨河上。踏上枫桥石阶，一步一步走到这座拱桥顶端，桥下是静静流动的河水，水面上是一排排游船。游人可乘坐画舫穿行桥洞，在水上饱览古桥、古关、古镇、古刹的清幽景色，领略《枫桥夜泊》的意境。这里的风景优美，古桥、古寺、亭台、回廊和诗文碑刻，能勾起人们对遥远历史的无边遐想。

河湾处，刻有"枫桥夜泊处"五个大字。这里就是张继当年夜宿的地方了。旁边是张继的塑像，他伸出一个手指，恰似当年蘸着河水题诗的样子。

○寒山寺

# 寒食

韩翃

春城无处不飞花,
寒食东风御柳斜。
日暮汉宫传蜡烛,
轻烟散入五侯家。

这首诗前两句描写了整个长安柳絮飞舞、落红无数的迷人春景,后两句勾画了一幅夜晚走马传烛图,使人如见蜡烛之光,如闻轻烟之味。从表面上看,它似乎只是描绘了一幅寒食节长安城内富于浓郁生活气息的风俗画,实际则对当时权势显赫、作威作福的官宦进行了讽刺。

关于寒食节的来历,有这样的传说:晋文公流亡期间,有一次饿昏,介子推割自己身上的肉为他充饥。晋文公做了国君,分封群臣时却忘记

⊙西安钟楼

了介子推。介子推不愿夸功争宠,带着老母亲隐居绵山。后来晋文公亲自到绵山恭请介子推出山,介子推不愿为官,躲藏山里。晋文公手下放火焚山,本意是想逼介子推出山,结果介子推抱着母亲被烧死在一棵大树下。晋文公心里十分难过,为了纪念这位忠臣义士,晋文公下令:介子推死难之日,不准生火做饭,要吃冷食,每年的这一天定为寒食节。这就是寒食节的由来。

然而,唐代的寒食节这天,皇帝却宣旨取榆柳之火赏赐近臣,使他们享有特权。诗中所说的五侯,来源于汉成帝,他封王皇后的五个兄弟王谭、王商、王立、王根、王逢时为侯,享受特别的恩宠。这里的"五侯",泛指皇帝近臣。

韩翃曾在淄青节度使侯希逸幕府中任从事,后随侯希逸回朝,闲居长安十年,一直不得志。

一天半夜,韩翃的一位好友急急地来敲门,韩翃出来见他,他祝贺说:"你升任驾部郎中了,让你主持起草皇帝所下文告和诏书。"韩翃哪里能信:"不可能有这种事,一定是你弄错了。"好友说,皇帝的文告诏书,缺少起草的人,中书省两次提名,皇帝没批。又请示,皇帝批示:用韩翃。当时还有一个同韩翃同名同姓的人,任江淮刺史。于是中书省又把他两人的名字上报皇帝,皇帝批示说,就用写"春城无处不飞花"的韩翃。

天亮后,韩翃果然接到圣旨,从此做上了朝廷命官,后被提拔为中书舍人,为五品官员。

如今,寒食的习俗早已不被人们遵守,但早春时节西安城中的鲜花仍旧盛放,尤其是那姹紫嫣红的樱花,一簇簇、一朵朵、一片片,美丽烂漫,让人流连忘返,营造了一个"春城无处不飞花"的世界!

# 兰溪棹歌

戴叔伦

凉月如眉挂柳湾,
越中山色镜中看。
兰溪三日桃花雨,
半夜鲤鱼来上滩。

诗人戴叔伦曾在浙江省东阳县任县令,兰溪与东阳都属金华,相距不远。一般认为,这首诗是诗人在东阳任职期间创作。这是一首富于民歌风味的诗,以清新灵动的笔触写出了兰溪的山水之美,以及别具一格的渔乡情趣。

兰溪就是现在的兰江,是富春江上游的一条支流。旧时兰阴山下有溪,崖岸盛开兰花,故称兰溪,县名又因此而得名。

来到兰溪市,站在兰江边,顺着

⊙古兰溪西门

江水望过去，江面如镜，水光接天，有"越中山色镜中看"的意境。江中有一江心小洲，现已辟为中州公园，远远望去，恰如明镜中的一块翡翠。

在兰江大桥上，有一处"中州公园"入口，可以从那里直接入园。

园内建有亭阁、花圃、假山、鱼池、曲桥、游廊及兰花少女塑像等，漫步在这里，有曲径通幽的感觉。环顾四周，水光潋滟，烟柳迷离，景致十分雅致。随着夜幕降临，中洲小岛披上薄薄的轻纱，垂柳婀娜，灯火点点，天上明月皎洁，月下江水奔流，让人完全沉醉于大自然的神奇魅力之中。

兰江上还有一座浮桥直通中州公园，入园处矗立着一座牌坊，上书"中州公园"四个大字。站在这里，望过江面，可看到对岸的兰溪古城墙、古城楼。

中洲岛上的"中洲渔火"，过去是兰溪八景之一。以往，渔火就是船家用来照明的青油灯和煤油灯发散出的亮光。它悬在船上，随船儿在水中摇曳,随水流在江面移动,显得神秘和委婉。

现在,不管是岛上的亭阁,还是江中的游船,不管是江上的大桥,还是远处的高楼,全部都被五彩灯光映照,色彩斑斓。

漫步到小岛的南端,这里有一处小沙滩,特别能体现"半夜鲤鱼来上滩"的感觉。据一位当地老者介绍,前些年,兰江水质有些污染,鱼类减少。近几年,兰江边的砂石场没有了,江水一天比一天清了,江里的鱼也多起来,还有了大批对水质要求非常高的针鱼,用不了几年,"半夜鲤鱼来上滩"的场景就要再现了。

他的目光里充满自信。

⊙兰溪——现在的兰江

# 滁州西涧

韦应物

独怜幽草涧边生,
上有黄鹂深树鸣。
春潮带雨晚来急,
野渡无人舟自横。

⊙ "野渡无人舟自横"写意图。吴镜汀1947年绘。

滁州,就是现在的安徽省滁州市。西涧,在滁州城西,俗名上马河。

这首诗作于韦应物出任滁州刺史期间。韦应物品性高洁,爱幽静,好诗文,笃信佛教,时常独步郊外。滁州西涧便是他经常光顾的地方。他最喜爱西涧清幽的景色,一天傍晚到这里游览遇雨,写下了这首诗并成为其代表作之一。

宋代以后,滁州人依据《滁州西涧》的诗意,在涧边建有野渡庵、野渡桥、幽草亭。清代乾隆年间,著名

⊙这里曾是韦应物办公的地方

诗人王士禛曾赋诗《西涧》:"西涧萧萧数骑过,韦公诗句奈愁何?黄鹂唤客且须住,野渡庵前风雨多。"民国时期,野渡桥、幽草亭已经坍塌,仅存的野渡庵也毁于侵华日军的炮火。

1958年修建的城西水库,将西涧大部分淹没。2009年,滁州城西水库更名为西涧湖,西起城西水库、东至清流河的穿城河被命名为西涧河。

西涧湖大坝巍然屹立,坝长有一千多米,大坝上有不少游客。站在坝上极目四望,湖面宛如平镜一般。微风吹过,湖面荡起阵阵涟漪,远处的山脉犹如剪影。湖面上不时有手摇船、机动船驶过。

韦应物少年从军,曾担任过唐玄宗的侍卫,同时借读于太学。据韦应物自己回忆,这一时期,他很是顽皮,仗势干了不少坏事。安史之乱后,他告别军营,开始安心读书,有了一定文名后又进入官场。

韦应物任职滁州,或与远方友人诗文唱和,或寄情山水抒发情怀,引得不少名人雅士慕名而来。

韦应物长期担任地方大员，但是，"家贫"二字不断出现在他的诗中。苏州是当时中国最富庶的地方，而在卸任苏州刺史后，他竟无钱回京城定居，不得不寓居苏州的寺院，一家人靠租田自耕为生。

约三年后，被免去滁州刺史职务后，他又不得不暂栖身于一座小寺庙。被任命为江州刺史后，才又有了栖身之所。

有人认为，《滁州西涧》写于韦应物被免滁州刺史后，滞留于滁州这段时间。他首先以幽草自喻，又写带雨春潮之猛和水急舟横的景象，蕴含一种不在其位、不得其用的无可奈何的忧伤。

每个人都会遇到不如意的事情，重要的是能否用平常的心态，坦然接受生活中无能为力的现实。

⊙滁州西涧成了现在的西涧湖

## 登科后

孟郊

昔日龌龊不足夸,
今朝放荡思无涯。
春风得意马蹄疾,
一日看尽长安花。

孟郊曾两次落第,四十六岁那年考中进士。按唐朝制度,进士考试在秋季举行,发榜则在下一年春天。这个时候的长安,春风轻拂,百花盛开。城东南的曲江、杏园一带春意更浓,新进士们聚集在这里自然是喜不自禁。过去一直默默无闻,今日高中进士的孟郊,自以为从此可以青云直上了,满心是按捺不住的欣喜,于是写下了这首别具一格的小诗。

试想,在车水马龙、游人如织的长安大道上,不可能容得他策马疾驰；偌大一个长安城，春花无数，一日之间如何看尽？然而，这一天诗人得意扬扬，心花怒放，尽可认为他的马蹄格外轻快，尽可在一日之内就将长安的鲜花看遍。因为诗句表达了诗人的真情实感，让人读后觉得并不荒唐。

西安的花，从古到今都是有名的。春天，先是樱花、风信子烂漫了整个城市，接着是郁金香、牡丹、芍药展露身姿。

然而，西安的市花却是石榴花。据说，西安临潼区石榴的产量、种植面积和质量均居中国之首。骊山之麓遍布榴园，初春嫩叶吐绿，婀娜多姿；仲夏繁花似锦，灿若红霞；深秋硕果累累，凝重华贵。五月的石榴花红似火，白居易曾称"花中此物是西施"。

孟郊的《登科后》后来派生出两个成语，"春风得意"与"走马观花"，这是其他诗篇难以企及的。

"春风得意"从古到今意思没变，而"走马观花"就不一样了：本来是形容事情如意，心境愉快，而现在则演变为"粗略地观看个大概"的意思。

更有甚者，后者还衍生出这样一个民间故事：有一个媒人，给一个瘸腿男子和一个兔唇姑娘说媒。相亲这天，他让男子骑马从那个女孩面前走过，让女孩手持一朵鲜花假装在闻花香，彼此都没有看到对方的残疾。直到成婚，他们才发现彼此都上当受骗了。

这与诗的原意相去甚远。

## 游子吟

孟郊

慈母手中线,游子身上衣。
临行密密缝,意恐迟迟归。
谁言寸草心,报得三春晖。

孟郊非常孝顺,早年游学漂泊,直到五十岁时才得到了一个溧阳县尉的职位,结束了长年的流离生活。此后,他将母亲接来一起居住。诗人仕途失意,饱尝了世态炎凉,去迎接母亲时,心中百感交集,愈发觉得亲情可贵,于是写出这首发自肺腑、感人至深的颂母诗。

全诗语言淳朴平实、情真意切,千百年来拨动了无数游子的思亲心弦。

在溧阳市内104国道旁边的一个

⊙游子吟雕塑

小公园里，矗立着一座游子吟雕塑。它运用了雕塑的语言，抓住母亲用手中线缝衣的细节，深入刻画了母亲对儿子的关爱。

雕塑的背后详细介绍了孟郊的生平故事。

雕塑前有水塘，有绿草野花，给人以平和温馨的感觉，让人好像一下就融入到浓浓的母爱之中。

不过，当年孟郊并不是生活在现在的溧阳市区，那时的溧阳县治在现在的溧阳市南渡镇，那里至今还流传着孟郊"射鸭堂"的故事。

孟郊是位一生不得志的诗人，他四十六岁时才考中进士，当时高兴得"一日看尽长安花"，可是，没想到直到五年后，吏部才给他递补了一个溧阳县尉的小官。

县尉是个缉捕盗贼的武官，而孟郊是位吟诗作文的文人，他哪有心思做好这个从九品的小官？于是，他一有空就跑到城外找一个僻静的地方读书吟诗。后来,他发现这里野鸭成群,于是用竹子做弓,射鸭取乐,后来索性在这塘边盖了一座"射鸭堂",至于那烦琐无聊的公务,早已被他忘到脑后。县令对他的行为非常不满,一纸小报告打上去,俸禄被减去一半。即便这样,孟郊仍用他有限的俸禄尽心地供养母亲,一直到母亲去世。

虽然母亲去世了,但孟郊因母亲而写下的著名诗篇《游子吟》却一直为后人传颂。

在这个世界上,无论你远行到哪里,离你最近的,永远是母亲。

⊙南渡镇

## 早春呈水部张十八员外

韩愈

天街小雨润如酥,
草色遥看近却无。
最是一年春好处,
绝胜烟柳满皇都。

这首诗是作者写给当时任水部员外郎的诗人张籍的。张籍在兄弟辈中排行十八,故称"张十八"。韩愈约张籍春游,张籍说自己事忙,又加上年老,不想外出,于是韩愈就作了这首诗寄给他,希望借此触发张籍的游兴。该诗通过细致入微的观察,描写了长安初春小雨时节的优美景色,表达了诗人对早春的热爱和赞美之情。

韩愈写这首诗时已经五十六岁,任吏部侍郎。此前不久,河北正定一带藩镇叛乱,韩愈奉命前往宣抚,说

⊙小雨后的西安城楼

服叛军，平息了一场叛乱。穆宗非常高兴，把他从兵部侍郎任上调为吏部侍郎。其时，他在文学方面卓有建树，早已声名大振。因此，虽然年近花甲，韩愈却不因岁月流逝而悲伤，而是兴味盎然地迎接春天的到来。

诗中的天街，指京城里的街道，有人说专指朱雀大街一带。想象一下，空中春雨纷纷，细密地滋润着京城大道，远望草色依稀连成一片，近看时却显得稀疏零星。这景色是何等迷蒙，何等优美。

今天，踏在这里的街道上，心里吟诵这首诗，体会到了当年诗人的感觉。虽然现在这里大街两边的建筑有了变化，但诗人描述的地点确确实实就是这里。这里有历代帝王留下的脚印，有无数文人骚客留下的诗句。

漫步在唐朝京城的街道上，可以领略许多有特色的地方。

朱雀大街，唐朝皇帝去城南祭天所走的街道，唐朝称为天门街，简称天街。盛唐时的朱雀大街宽约一百五十米，长五千多米。唐长安城以朱雀大街为界，分为东西两部分，大街从城南正中的明德门延伸出去，一条笔直的大路直达终南山的石砭峪。

行走在今天的朱雀大街上，两旁古槐掩映，街上车辆川流不息，唐代遗物依然无声地诉说着昔日故事。

西大街的建设突出了唐代建筑的风格，形成了富有西安特色的历史街区。街上有时代百盛店、中港城、银泰、五环等大型购物商场，又兼有上海城、唐人街、数码港、中环广场等购物场所。

骡马市街，名字虽不文雅，却已成为综合性的商业步行街，被人们称为西安"王府井"。这里有各种百货商店、传统集贸街，有秦腔剧院、书廊茶艺馆，还有众多街景和休息点。

古城西安，现在已是一座现代化大都市，但依然散发着大唐风韵。

⊙小雨后的西安"天街"

# 城东早春

杨巨源

诗家清景在新春,
绿柳才黄半未匀。
若待上林花似锦,
出门俱是看花人。

诗人曾在长安任职多年,历任太常博士、礼部员外郎等职。这首诗是他在京任职期间所作,抒写了对早春的热爱之情。此诗虽只有第二句实写春色,而描写春色又只以柳芽一处,但由柳芽之姿而表现早春之景,却显示了诗人的慧眼,可谓独辟蹊径,令人称绝。

诗的三、四句说,若是到了上林苑花开之际,满城都是赏花的人。上林苑在哪里?有人说,上林苑简直就是一个长安城,准确地说,要比长安

⊙秦岭野生动物园门外的石柱

城还要大。

　　古书上说，上林苑的范围，以现今的区域计算，应是地跨蓝田、长安、户县、周至、兴平五个县（市）和西安、咸阳的两个市区。它的实际面积约为两千四百六十平方公里。如此宏大的规模，实在让人难以想象。唐代西域的许多小国，面积也没有这样大！

　　上林苑始建于秦朝，汉武帝时加以扩建；既有优美的自然景物，又有华美的宫殿建筑群，是秦汉时期汉族宫苑建筑的典型，有三十六苑、十二宫、三十五观。三十六苑中，有宜春苑、御宿苑、思贤苑、博望苑，还有大型宫城建章宫及一些各有用途的宫观建筑。如演奏音乐和唱曲的宣曲宫，观看赛狗的走狗观，观看赛马的走马观，观赏鱼鸟的鱼鸟观，以及饲养和观赏大象的观象观，饲养和观赏白鹿的白鹿观等。

去看看唐诗诞生的地方

⊙处于唐代上林苑地界的秦岭野生动物园

西汉末年,王莽拆毁上林苑中的十余处宫观,取那里的砖瓦,建造了九处宗庙。后来,王莽政权与赤眉军争夺都城的战火,使上林苑遭受了严重破坏。

有人说,在西安的秦岭野生动物园,依稀可见上林苑的影子。

秦岭野生动物园,是一个集野生动物保护、科普教育、旅游观光、休闲度假等功能于一体的综合性园林。这里不但有亭台楼阁,还有种类齐全的动物,其动物种群的数量居西北之冠。

我们来到这里,一边欣赏美景,一边想象着古时的上林苑。眼前的建筑虽不是唐代原物,但这里的土地属于上林苑地盘。

窥一斑而知全豹,是有一定道理的。

## 金陵五题·石头城

刘禹锡

山围故国周遭在，
潮打空城寂寞回。
淮水东边旧时月，
夜深还过女墙来。

刘禹锡任安徽省和县刺史时，有一次去洛阳，途经南京，见昔日繁华胜地，已变得满目荒凉，感慨万分，于是写下了这一组咏怀古迹的诗篇，总名《金陵五题》。也有人说，刘禹锡在写这首诗时，还未到南京。

石头城在南京的清凉山西麓，沿秦淮河旁边的石头城路过去，可以看到依山而建的石头城，现在称石头城公园。

原来，石头城的城基就坐落在自然山岩上，崖壁高耸，地势险峻。

○石头城

不过,现在这里已成为供人们游玩的风景区,有人在城墙下漫步,有人在秦淮河里划船。因常年风吹雨打,北部崖壁上被大自然刻画出一块凸起的"鬼脸",那耳目口鼻有模有样,所以石头城又叫鬼脸城。

相传,三国时,诸葛亮在赤壁之战前夕出使东吴,与孙权共商破曹大计。在经过秣陵(南京)时,他顺便观察了一下这里的山川形势。他看到以钟山为首的群山,像苍龙盘踞于东南,而以石头山为终点的西部诸山,又像猛虎雄踞大江之滨,认为这里有帝王之气,就向孙权建议迁都秣陵。赤壁之战后,孙权真的迁都秣陵,将秣陵改称建业,并在清凉山上修建了著名的石头城。当时长江就从石头城下流过,孙吴将这里作为主要水军基地。城西最高处有烽火台,据说一旦发现敌情,烽火台燃起的烽火,很快就可传遍长江沿线。

　　登上石头城,沿着逶迤的城墙向前,发现有新建的烽火台。站在烽火台上,俯瞰石头城公园和秦淮河,远眺南京城,一派繁荣兴旺的景象。

　　遥想诗人当年,他一定是站在我们现在站立的这个地方,看潮水一遍遍拍打着冰冷的石壁。想当年,孙权站在石头城上,定是威风八面的吧?而今石头城依然,但其旧日繁华已无,只有那当年的秦淮明月仍旧升起。

　　月亮落下后,还会有明亮的太阳升起。

⊙石头城上烽火台

# 再游玄都观

刘禹锡

百亩庭中半是苔,
桃花净尽菜花开。
种桃道士归何处,
前度刘郎今又来。

刘禹锡写过两首游玄都观的诗,都很有名,都很有故事。这里选的是第二首。

第一首是《元和十年自朗州至京戏赠看花诸君子》:"紫陌红尘拂面来,无人不道看花回。玄都观里桃千树,尽是刘郎去后栽。"

它的起因是这样的:刘禹锡参加王叔文政治革新失败后,被贬为连州刺史,半途又被贬为朗州司马。十年后,朝廷有人想起用他,以及与他同时被贬的柳宗元等人,于是把他从朗州召回长安。在长安,他游览了玄都观,写下第一首游玄都观的诗。

从表面上看,此诗前两句是写看花的盛况,它不写桃花的美丽,而写看花人为花所动,巧妙又简练。后两句由物及人,联系到自己的境遇,玄都观里这些桃树,自己十年前在长安的时候,根本还没有呢。从诗中隐含的意思来看,千树桃花,是指十年以来由于投机取巧而在政治上愈来愈得意的新贵,而看花的人则是那些趋炎附势、攀附权贵的小人。

此诗一出,刘禹锡的政敌们感到难受,立即对诗人及其好友实施打击报复。不久,他与好友柳宗元又被贬出长安。这一贬,柳宗元魂断广西柳州,而他则在外漂泊了十四年之后才重回长安。

回来后,他再游玄都观,又写了这首诗。

在他离开长安的这十四年中,皇帝由宪宗、穆宗、敬宗而至文宗,人事变动很大,政治斗争仍在继续。和前一首诗一样,从表面上看,它只是写玄都观中桃花的盛衰存亡,百亩庭中一半长满了青苔,当年灿然的桃花变成了菜花,连种桃的道士也不知哪里去了。也就是说,在这二十多年里,那些新贵有的去世,有的失势,而我这个被排挤的,上次因看花题诗被贬的刘郎,现在又回来了。

玄都观始建于后周时期的长安故城,名为通道观。隋文帝时改名为玄都观,迁建于大兴城崇业坊内,隔朱雀大街与兴善寺相对,成为一座壮观的皇家道观,并以满园桃花而闻名。

唐代长安城的崇业坊,就在西安朱雀南大街西侧的崇业路一带,现在已完全找不到玄都观的影子了。

双脚踏在崇业路上,街的两边有高楼住宅,有各种营业厅,街上是川流不息的车辆和人群。难道这里就是曾经桃花满园的玄都观?是刘禹锡多次游览并留下名诗的玄都观?

呵,岁月可以改变一切。

# 乌衣巷

刘禹锡

朱雀桥边野草花,
乌衣巷口夕阳斜。
旧时王谢堂前燕,
飞入寻常百姓家。

乌衣巷位于南京夫子庙南,在秦淮河文德桥南岸,三国时期是吴国戍守石头城的部队营房所在地,由于当时军人身穿黑色军服,所以此地俗称乌衣巷。

现在走进乌衣巷,只见两旁的建筑一律漆成白色的墙壁,配以古色古香的青瓦屋顶,很有古巷的味道。进了巷口一转弯,白墙上"王谢古居"四个大字很是醒目。不用说,这就是那传说中的王谢堂府了。

走进王谢古居,里面分为来燕

⊙ 王导谢安纪念馆

⊙ 朱雀桥

堂、听筝堂。不难理解，"来燕"取自当年谢安以燕传信的故事，"听筝堂"是当年晋孝武帝临幸谢宅听谢安弹古筝之地。

王导，东晋王朝建立过程中举足轻重的大臣。西晋末年，爆发八王之乱，王导审时度势，认为能振兴晋室的唯有司马睿，于是倾心拥戴，协助司马睿建立了偏安江左的东晋政权。他历任晋朝元、明、成三帝的宰辅，保持了东晋的安定局面。这位东晋开国元勋的官邸就在乌衣巷。

其次是谢安，一位中国历史上颇具传奇色彩的人物。曾隐居东山，直到四十多岁才赴任丞相，因而有了"东山再起"这一成语。他曾指挥了著名的以少胜多的淝水之战，奠定南朝三百年的安定局面。他的官邸也在乌衣巷。

《乌衣巷》是刘禹锡组诗《金陵五题》中的一篇，这一首诗，描写朱雀桥、乌衣巷由繁荣昌盛到残破荒凉，感慨沧海桑田，人生多变。

朱雀桥是东晋时期建在内秦淮河上的一座浮桥，桥上装饰着有两只铜雀的重楼，是谢安所建，遗址现在已找不到了。现在南京中华门一带新建了一座朱雀桥。

走出王谢古居，踏上乌衣巷的青石小街，在巷口处的一块石碑上，刻着毛泽东手书的这首诗。

# 白云泉

白居易

天平山上白云泉,
云自无心水自闲。
何必奔冲山下去,
更添波浪向人间。

天平山位于苏州市西郊,因山中怪石林立,高耸入云,所以又称白云山。

从景区大门走进去不远,山脚下有好几个池塘,不少游客在带孩子们玩脚踏船和手划船,孩子们的嬉笑声与林中鸟鸣交织在一起。

走过山脚的"先忧后乐"牌坊后,是范文正公祠、范仲淹纪念馆等建筑。

白云山东麓有范仲淹父亲、祖父和曾祖的墓园。自宋及清的几百年

⊙白云泉

间，范仲淹的后代在此营造了规模宏大的墓园，四周古树参天，亭台楼阁俱全。

　　穿过御碑亭周围的大片枫树林，拾级而上，便到达著名的白云泉。泉水旁边的石壁上，刻有白居易手书的"白云泉"三字。白云泉从峭壁的缝隙中潺潺流出，注入池内，终年不断。泉水清洌甘甜，有的游客双手捧起来就喝，连说："好水！好水！"

　　白居易诗中吟诵的就是这处白云泉。

　　白居易本来是很有济世的抱负和斗争的锐气的，可是后来因贬任江州司马，对他的打击巨大，慢慢地，他变得有些消极。十年后，白居易任苏州刺史，其间政务繁忙，觉得很不自由，渴望早日退出官场。

　　有一天，他来到天平山，站在这白云泉边，面对闲适的白云泉水，对照自己"心为形役"的现状,不禁产生羡慕的心情,一种清静无为、随遇而安的思想油然而生,于是写下了这首诗。

天平山有三绝——怪石、清泉、红枫。山上奇石危耸向上,好似古代大臣上朝手持的朝笏,所以称此景观为"万笏朝天"。诗中的清泉就是眼前的白云泉,唐代茶圣陆羽赞誉它为"吴中第一水"。红枫是范仲淹第十七世孙范允临从福建移来,至今已有四百多年历史。近年来,天平山风景管理处又栽种了两千多棵"接班枫",与古枫林连成一片。深秋时节,这里碧云红叶交相辉映,景色壮美。

天平山的奇石很多,再往上行,就可以看到一线天、飞来石等各种奇特构造,沿着乱石组成的登山路,可以一直爬到山顶。那时,站在山顶的望湖台俯瞰苏州城,高楼与天平山一般高了。

站在山顶,迎着凉爽的山风,琢磨白居易诗句的含义:受到打击后,他消极厌世,劝泉水不要奔流下山,以免给人间增添"波涛"。

但是,泉水的梦想,就是要奔流入海。

别听白居易的。

⊙天平山

# 大林寺桃花

白居易

人间四月芳菲尽,
山寺桃花始盛开。
长恨春归无觅处,
不知转入此中来。

这是白居易有一年初夏游庐山大林寺时,即兴吟成的一首七绝。此时山下的花卉已经凋谢,但他在山寺中意外看到了一片刚刚盛开的桃花。诗中写出了作者的惊喜,是唐人绝句中的珍品。

那天,白居易同河南府元集虚等好友一道,从庐山下的遗爱草堂出发,经过庐山西北麓的东林寺和西林寺,来到上化城寺,在讲经台峰顶休息后,登上香炉峰,投宿大林寺。那时的大林寺十分偏僻,人迹罕至。寺

⊙如琴湖

的周围溪水清澈,岩石灰黑,青松矮短,翠竹修长,寺里只有木制的房屋和器具。这时候山下正是初夏,这里却好像是初春二月。山里的桃花刚刚开放,山涧绿草才抽出新芽。人情风俗、物产节气,都与平原地带大为不同,刚来时,仿佛进入另一个世界,因此白居易即兴吟出这首绝句。

现在,从牯岭大林路向前,走不远便到如琴湖,湖南岸就是白居易咏诗的花径公园。从现在尚存的花径推测,大林寺当年规模较大。不过,随着星移斗转,这里曾被多次毁建。

1922年的重建,恢复了大林寺的一些旧观。1923年,太虚法师在大林寺主持召开由中国、日本、英国、法国、德国、芬兰等国佛教代表参加的首届世界佛教徒大会,揭开了中国近代佛教史的重要一页。

到1961年,因开挖如琴湖,大林寺被淹没湖中。

如琴湖形如提琴,湖光山色,风景如画,岸边有曲桥一直通往湖心岛。

湖边的花径是一个山中公园，园门有楹联："花开山寺，咏留诗人。"门上有"花径"两字。走进公园，里面曲径通幽，繁花似锦。1988年，人们在花径公园建"白居易草堂陈列室"，完全按照白居易《庐山草堂记》所载的建筑形式复建，坐北朝南，木结构，草顶，再现了竹篱茅舍风貌。1996年，著名雕塑家王克庆制作的白居易石像安放在这里。

草堂旁有花径亭，亭中有石刻"花径"二字，传说是白居易手书，于1929年由湖北汉阳人李凤高游大林寺时发现。后来，他向庐山上的社会贤达、名流募捐，在此建造了景白亭、花径亭，并补种了五百多棵桃树，再现了昔日桃花胜景。现在到这里参观的游人很多，尤其是阴历四月桃花盛开的季节。

同样是桃花，开在不同的地方，它的效应竟然会完全不同。

⊙花径内景

# 题都城南庄

崔护

去年今日此门中,
人面桃花相映红。
人面不知何处去,
桃花依旧笑春风。

关于这首诗,民间流传着一个动人的故事。故事出自唐朝孟棨的《本事诗·情感》。

说的是河北博野县有一个叫崔护的人,长得一表人才又很有才华,年纪轻轻就考中了进士。一个桃花盛开的春天,他一个人去都城南门外郊游,不知不觉来到一处庄园,园内花木丛生,静若无人。崔护上前叩门,有位年轻姑娘开门,问道:"谁呀?"崔护告诉了她自己的姓名,又说:"我一人出城春游,酒后干渴,

⊙ 都城南庄

特来找点水喝。"姑娘让他进到院里,找一个木凳请他坐下,进屋端了一杯水来。这姑娘面容姣好,风姿绰约。崔护一边喝水,一边跟她搭讪,姑娘只是报以微笑,默默不语。喝完水,崔护找不到久留的借口,只得起身告辞。姑娘将他送到门口,含情脉脉,似有不舍,崔护也一步一回头,恋恋不舍地离去。

到了第二年春天,崔护思念那位女子,又奔城南而去。到那里一看,门上挂着一把大锁。崔护非常失望,便在一扇门上题诗道:"去年今日此门中,人面桃花相映红。人面不知何处去,桃花依旧笑春风。"回去后,崔护心里还是放不下那位女子,过了几天,他忍不住又来到城南。走到门外,听到里面有哭声,他用力叩门,有位老人走出来,原来是那位姑娘的父亲,一搭话方知,姑娘自去年见到崔护以后,神情恍惚,若有所失。那天父亲陪她出去散心,回家时,见门上有题诗,读完后,姑娘便病倒了,一连数日水米不进,于今日去世。崔护十分悲痛,请求进屋探视。进屋后,见姑娘安然地躺在床上，崔护抬起她的头，让其枕着自己的腿，对姑娘哭道："我来了，我来了……"不一会儿，姑娘竟然醒了过来。后来，这姑娘就嫁给了崔护。

这个故事曲折动人，很有一些传奇色彩，欧阳予倩先生曾就此写了一出京剧《人面桃花》。

这个故事的发生地，就在今西安市长安区樊川桃溪堡村。这里风景秀丽，盛产甜桃。特别是阳春三月，落英缤纷，沿村的小溪被桃花覆盖，只见桃花不见水，所以称桃溪。隋、唐、明、清数朝，这里是文人墨客、达官贵人赏春游览的好去处。至今，春暖花开季节，前来踏春赏春者依然络绎不绝。

桃溪堡这个普通的村子，已经和历史上著名的爱情故事紧密联系在一起。20世纪90年代，人们在桃溪堡南面修建了一个占地数十亩的桃花园。桃园里面依照"题都城南庄"的意境，修筑了茅庵草舍，小桥流水，还修有桃花姑娘的坟冢。桃李掩映，景色别致。台湾一电影公司选中此地，在这里完成了《桃花姑娘》《人面桃花》《王宝钏》等一度风靡华人世界的电影作品。

又是二十多年过去，我们来到这里，此时杂草已经遮蔽了小径，有些荒芜，但茅庵草舍仍在，它们用无声的语言，向我们讲述着那个感人至深的爱情往事。

# 江雪

柳宗元

千山鸟飞绝，

万径人踪灭。

孤舟蓑笠翁，

独钓寒江雪。

公元805年，柳宗元参加了王叔文为首的政治革新运动。由于保守势力与宦官的联合反攻，革新失败。王叔文被处死，柳宗元被贬为邵州刺史。当他匆匆行走在半路上时，接到再贬为永州司马的诏令，并被告知即便遇到大赦，他也不会被赦。这就等于宣判他永远是政治上的罪人，断绝了重返京城的希望。经过三个多月的长途跋涉，行程三千余里，柳宗元于当年年底才到达永州。随行的，还有他年近七十岁的老母和五岁的女儿，

⊙朝阳岩

以及堂弟柳宗直、表弟卢遵等。

当时的永州属"南荒"之地,他名为司马,实际上是毫无实权并受地方官员监视的"罪犯"。官署里没有他的住处,他不得不在一座寺庙里安身。

柳宗元自从被贬永州后,身心受到严重摧残,加上他年近七旬的老母到永州半年就染病身亡,其精神倍受打击。

不过,他的坚强意志和桀骜不驯的性格也于此充分显现出来。

他谪居永州十年,远离了朝廷和政治,使他有更多时间专注研究古往今来有关哲学、政治、历史、文学等方面的问题,并著书立说。《封建论》《非〈国语〉》《天对》《六逆论》《捕蛇者说》等著作,大多是在永州期间完成的。同时,永州山水美景又催生了他大量脍炙人口的山水游记,代表作是《永州八记》。

也是在这一时期,他的名作《江雪》问世。他只用了二十个字,就把我们带到一个幽静寒冷的境地。呈现在我们眼前的，是这样一幅图画：在下着大雪的江面上，一叶小舟，一位老渔翁，独自在寒冷的江心垂钓。渔翁的生活是如此清高，性格是如此孤傲。其实，这正是柳宗元自身的真实写照。

诗中所描绘的寒江，就是穿过永州城的潇水。现在的潇水仍然静静流淌着，水面上不时有船儿驶过。潇水两岸都有公路，一派车水马龙的繁忙景象。

潇水西岸有岩石峭壁，岩洞幽深，每当旭日东升，红霞映照亭阁，雾霭笼罩苍林，风光旖旎，所以人称朝阳岩。柳宗元谪居永州后，常到这里游览，有人认为，《江雪》一诗就诞生于此。

站在朝阳岩上，目送悠悠北上的潇水，抚今追昔，不胜感慨。柳宗元的一生，历尽磨难，但他恰似那"孤舟蓑笠翁"，钓出一个名耀千古的"唐宋八大家"。

是金子，放在哪里都会发光。

⊙潇水

## 题金陵渡

张祜

金陵津渡小山楼,
一宿行人自可愁。
潮落夜江斜月里,
两三星火是瓜州。

诗人当年漫游江南时,有一次夜宿金陵渡,他看到江对岸瓜州的零星灯火,与斜月、夜江明暗映衬,融为一体,勾起他的旅愁,便在渡口一座小楼的墙壁上写下这首小诗。诗的语言朴素自然,把美妙如画的江上夜景描写得宁静凄迷、淡雅清新。

诗中所说金陵渡不是现在的南京,而是现在江苏省镇江市西津渡。西津渡,三国时叫"蒜山渡",唐代曾名"金陵渡",宋以后称"西津渡"。

⊙西津渡古街

相传,三国时期赤壁大战前,诸葛亮和周瑜就在西津渡旁蒜山顶的亭子里商量对策。他们约定各自在自己手心里写一个字,决定对付曹操的策略,当他们亮开手掌时,掌心里都写着一个"火"字。于是,历史的长卷里就有了一场著名的以弱胜强的"火烧赤壁"战例。

东晋时,五斗米道首领孙恩起义,率数万兵马在这里与后成为南朝宋开国皇帝的刘裕展开鏖战。南唐时,烈祖李昇从这里发兵渡江平息了广陵之乱。宋代,抗金将领韩世忠在此抵御金兵南侵,差点活捉了金兵统帅金兀术。清顺治年间,郑成功誓师北伐,大战西津渡,渡江轻取瓜洲。这一切,都证明西津渡在历史上具有重要的战略地位。

在岁月的驱赶下,长江水道已离开西津渡很远了。这里现在有公路、街道，无法与渡口联系到一起。

好在这里有许多历史提示：街道是西津渡古街、小码头街，实物是清代小码头遗址、船夫雕像。

沿着台阶往高处走，有一座亭子叫待渡亭。顾名思义，待渡亭就是古人迎来送往或者小憩避雨、等待摆渡的场所。唐代李白、孟浩然，宋代王安石、陆游等人，都曾在这里候船渡江，并留下许多动人的诗篇。像王安石的"春风又绿江南岸，明月何时照我还"的著名诗句，就诞生于这里。

元代意大利著名旅行家马可·波罗从扬州到镇江，也是在西津渡登岸，从待渡亭前走过。当年康熙皇帝南巡，登上西津渡码头后也曾在这里驻足；乾隆皇帝也曾经在这座待渡亭里停留。

待渡亭旁有一石碑，上面刻着的，就是诗人张祜的《题金陵渡》。许多游人在石碑前吟诵、拍照，有人还踮起脚尖，翘首遥望瓜州，也想看看诗中提到的那"两三星火"。

从待渡亭穿过古老的门洞，前面是一条千年古街，有自唐宋以来的青石街道，有元代建造的过街石塔，有明清时期的楼阁，都是别具风情的古老建筑。青石板路面上那深深的车辙，证明着这千年古渡、千年老街当年的繁华。难怪英籍华人女作家韩素音置身西津渡古街时，也不由发自内心地赞叹："漫步在这条古朴典雅的古街道上，仿佛是在一座天然历史博物馆内散步。"

她的比喻极其形象，就在这条短短的小街上，人们目光可以触及到明朝、宋朝、唐朝，直至三国时期的历史遗迹。

原来，在历史中漫步，可以看得很远。

# 清明

杜牧

清明时节雨纷纷,
路上行人欲断魂。
借问酒家何处有?
牧童遥指杏花村。

杜牧,二十三岁作《阿房宫赋》,二十五岁写下长篇五言古诗《感怀》,二十六岁考中进士,四十二岁任池州刺史。

清明节这天,是人们祭奠已故亲人、上坟扫墓的日子。杜牧老家在西安,祖上也在西安,而此时他身处江南,清明时节不能回家扫墓,孤零零一个人在异乡奔波,心里已不好受,尤其还被这纷纷的春雨淋湿了衣服,心境就更加凄凉和伤感。这首七绝《清明》,就诞生于这种情境之中。

⊙杏花村

这首诗的诞生地点在安徽省池州市城区杏花村。

过去,这里只不过是几间茅舍酒肆,毫无名气可言,是杜牧的这首千古绝唱,才使杏花村名垂青史,饮誉天下。

为了再现诗人笔下的杏花村胜景,池州市沿着杜牧足迹,打造了杏花村文化旅游区。

现在来到杏花村文化园,那大门前的一截土墙,那土墙上的"杏花村"三个大字,那问酒驿前的仿古小路,古朴自然,仿佛在散发着杏花村的诱人酒香。

走进园中,一步步深入过去,茅草屋、黄公井院、酿酒坊、杏花酒家、诗画墙、怀杜轩、十里杏花溪、吟诗台……这些古色古香的景点,承载着与诗人有关的故事。

这里有关于杜牧的详细介绍。原来,他在池州任职期间,不光留下了流传千古的诗篇，更为池州百姓做了许多好事，最有名的当属他剿灭江匪山贼和治理水患。

当时池州是一个老大难地区。由于天灾人祸，民不聊生，江匪、山贼四起。杜牧到任，力剿匪贼。他采取了三个办法：首先，本府境内一律取消私渡，设立公渡，使匪贼无法借助私人渡船流窜和藏身。其次，取缔私茶，将茶叶收归官商经营，如此既可增加税源，又使匪徒无法销赃。最后，沿江每三十里设一兵站，每站配军士八十人，战船四艘，一半巡江，一半守岸，发现匪贼立即歼灭。他同时上书朝廷，建议扬州、宣州、鄂州、黄州等州县统一行动，让江匪山贼无立足之地。朝廷完全采纳了杜牧的建议，宰相李德裕严令淮南节度使、宣州和江西观察使督导所属扬州、宣州、池州、黄州、鄂州沿江州县统一行动，一举歼灭了江匪山贼。

杜牧来池州前，这里大水大淹、小水小淹，百姓苦不堪言。歼灭了江匪山贼后，杜牧又带领大家修筑了工程浩大的平天湖，湖名取自李白"水如一匹练，此地即平天"的佳句。从此，池州百姓告别了肆虐已久的水灾。

平天湖至今仍在，如一位文静少女守护在池城东边。湖中的龟山岛，形状似神龟，面南而拜，人称神龟拜九华。南宋岳飞渡江抗金时，曾在平天湖训练水师。

# 赤壁

杜牧

折戟沉沙铁未销，
自将磨洗认前朝。
东风不与周郎便，
铜雀春深锁二乔。

赤壁，在湖北省赤壁市。三国时期，这里发生了一场著名的赤壁之战。这首诗是诗人经过这个古战场，有感于三国时代的英雄成败而作。

当时曹操率二十万（号称八十万）大军，向长江推进。刘备被曹军大败后，于撤军途中派诸葛亮赴柴桑（今江西省九江市）会见孙权，说服孙权结盟抗曹。孙权命周瑜为主将，程普为副将，率三万精锐水军，联合屯驻樊口的刘备大军，共约五万人溯长江西进，与曹军对峙于赤壁。曹操将战船

⊙赤壁

首尾相连，结为一体，以利演练水军，伺机进攻。周瑜采纳部将黄盖所献火攻计，致使曹军船阵被烧，火势延及岸上营寨，孙刘联军乘势出击，曹军死伤过半，被迫北退。孙刘联军乘胜扩大战果，分占荆州要地。

赤壁之战的失利，使曹操失去了迅速统一全国的可能性，从此形成"三分天下"格局，奠定了三国鼎立的基础。

今天走在赤壁的土地上，心情有些激动，因为那些著名历史人物和他们导演的改变历史的大事件，就发生在脚下的土地上。

进入景区，首先看到的便是大都督周瑜的神武台，威武大气。继续往前走，是一组三国人物雕塑。第一尊是孙权孙仲谋，虽然赤壁前线吴军指挥官不是他，但他却是东吴的最高决策者。这一年他才二十六岁。

再向前，在绿树掩映的一个高处，是南屏山，上面有二进殿式的建筑物，相传这里就是当年诸葛亮借东风的拜风台。

靠江边处还有一尊周瑜雕像，他战袍加身，手握宝剑，凝神远望。从正面看，东南风吹来，战袍飘向西北，与孔明设坛祭风的东南风向正相吻合。

　　赤壁之战时，周瑜是孙刘联军的总指挥。那时，曹军帆樯蔽日，旌旗遮天。在如此强大的对手面前，周瑜反复筹划，制订了一系列战略战术方案，终于创造了以少胜多、以弱胜强的光辉战例。这一年他年仅三十三岁。

　　江边峭壁上，刻着"赤壁"两个大字。相传赤壁之战后，周瑜摆酒庆功，一时兴起，挥剑在峭壁上刻下这两个字。

　　面对眼前浩浩荡荡的千里长江，遥想一千多年前发生于这里的那场激战，千帆竞发，刀光剑影，烈火烧红大江彼岸，那场面是何等悲壮！

　　然而此时的长江和赤壁，江风轻轻吹着，江水静静流着，好像什么事情也没有发生过。

　　而在赤壁大战发生后不久，曹操便联系孙权，一起夹击关羽，将关羽生擒并杀害。刘备为报仇雪恨，率军进攻孙权，又被孙权部将陆逊火烧连营，迫使刘备退至白帝城，一命归西。

　　天下大势，分久必合，合久必分。没有永远的敌人，也没有永远的朋友，只有永远的利益。

　　赤壁，没有上演后面的一幕。

⊙赤壁前江面

## 泊秦淮

杜牧

烟笼寒水月笼沙,
夜泊秦淮近酒家。
商女不知亡国恨,
隔江犹唱后庭花。

当年,杜牧来到繁华的秦淮河上,听到酒家歌女演唱《后庭花》,心中很不是滋味。《后庭花》是歌曲《玉树后庭花》的简称,南朝陈后主陈叔宝沉溺声色,听着这支曲子与后宫美女寻欢作乐,终于亡国,所以后世称此曲为"亡国之音"。陈国虽亡,这种颓废的音乐却流传下来,还在秦淮歌女中传唱,这使杜牧大发感慨,于是写下了这首诗。

秦淮河本名龙藏浦,又称淮水,是南京地区的主要河道。相传秦始皇

⊙秦淮河

东巡时,见金陵上空紫气升腾,有王气,于是命人凿方山,断地脉,导淮水入长江,所以后人称为"秦淮"。东吴以来,南京城中的秦淮河两岸一直非常繁华,六朝时更成为名门望族聚居的地方,商贾云集,文人荟萃。隋唐以后,渐趋衰落,到了明清两代,十里秦淮又兴盛起来。后由于战乱等原因,两岸建筑多被毁坏,河水逐渐被污浊。1985年以后,人们对秦淮河一带进行修复,使它再度成为我国著名的游览胜地。

现在的秦淮河,南京夫子庙一带最为繁华。夫子庙又称孔庙、文庙,是专门祭祀我国古代著名思想家、教育家孔子的场所。距夫子庙不远处,就是号称中国古代最大贡院的江南贡院,才子唐伯虎、画家郑板桥、小说家吴敬梓、《西游记》作者吴承恩、民族英雄林则徐等著名历史人物,当年都是在这里金榜题名的。

站在这里的文德桥上,可看到河对岸的一方照壁,它高宽均居全国之首,上面有"二龙戏珠"图案。金龙轻踏蓝紫祥云,口吐赤焰,作腾空飞翔状,形象逼真。

河的北岸是夫子庙码头,成排的五彩画舫穿梭于河面上。

到了夜晚，这里就更漂亮了，各色灯光五色纷呈。往来的画舫在水上缓缓行进，宛如一座座游动着的小巧玲珑的宫殿，倒映在水里，水波也被染得五颜六色。

乘画舫夜游秦淮河，桥从头顶上滑过，浣花桥、印月桥、二水桥、平江桥、朱雀桥、玩月桥等，无不风姿绰约。可以说，每一座桥的背后，都有一个动人的历史故事。

历史上的"秦淮八艳"，她们就生活在这秦淮河两岸。"秦淮八艳"指的是明末清初南京秦淮河上的八名歌妓，她们是：柳如是、顾横波、马湘兰、陈圆圆、寇白门、卞玉京、李香君、董小宛。虽然是被压迫在社会最底层的妇女，但在国家存亡的危难时刻，她们却能表现出崇高的民族气节，与明朝好多贪生怕死的官员形成鲜明对比。尤其是柳如是、李香君最为著名，李香君还是《桃花扇》的主人公。在河南岸，有一座不大的二层小楼，门前挂着几盏大红灯笼，旁边有"李香君故居"的牌子。

在这里，"秦淮八艳"一改"商女不知亡国恨"形象，变成了人们敬佩的人物。

⊙秦淮河夜色

# 润州听暮角

李涉

江城吹角水茫茫,
曲引边声怨思长。
惊起暮天沙上雁,
海门斜去两三行。

唐文宗时,诗人曾被流放,此诗就是作于流放途中。当年一个黄昏时分,诗人站在江边,望着滔滔江水,听着城头传来悠扬悲切的边地乐调,心中生发出绵绵的思乡情思,于是这首诗诞生了。

这首诗,是李涉很有名的即景抒情之作,他选择了生活中典型的物象,寥寥数笔,便描绘出一幅由江城、海天、归雁、边声组成的画卷,画面中蕴含着诗人深沉的哀愁,感情含蓄,意境高远,耐人寻味。

⊙焦山公园

润州,就是现在的江苏省镇江市。

诗中"海门斜去两三行"的海门,就在焦山东北的长江中。

我们来到焦山后发现,由于江流的作用,古代江中对峙的那两个小岛已不见踪影。应该说,现在的焦山东北方仍有两个江中岛,只是一个太大,不像岛的模样,完全形不成"海门"的形态。

现在的焦山已是美丽的公园。它坐落江中,山顶上矗立着一座巍峨的高塔。

东汉末年,焦光隐居在这座山上,汉献帝曾三次下诏请他出山做官,都被他拒绝。隐居此山期间,他在山上采药、炼丹,救治病人。为了纪念他,后人称此山为焦山。

在焦山,最有名的古迹当数《瘗鹤铭》了。相传,有一年春天,王羲之路过焦山定慧寺,见寺中一对仙鹤亮开双翅,一前一后,盘旋起舞,煞是美丽。王羲之情不自禁,随着仙鹤的舞姿,手指不停地画来画去,嘴里还喃喃自语:"要是写字能像这样漂亮,该有多好!"于是,王羲之便将这两只仙鹤买下,但当时他有事远行,便托寺中住持照管这对仙鹤。遗憾的是,等王羲之回到焦山,住持告诉王羲之,雄鹤在他走后不久病死,雌鹤也不吃不喝而亡。王羲之悲痛至极,来到仙鹤坟前,挥起他的神来之笔写下了《瘗鹤铭》,倾吐他对仙鹤的思念。

《瘗鹤铭》原来刻在焦山西麓石壁上,后遭雷击崩落长江中。

从《润州听暮角》一诗的内容看,当年诗人不会是在焦山,因为诗中所说沙上雁是"斜去"海门,可见它离海门是有一段距离的。

如今,时代不同了,沙上雁带给我们的,不再是哀愁。

让我们做一只飞雁吧,飞雁的航程是有着明确目标的。

⊙焦山远眺

# 井栏砂宿遇夜客

李涉

暮雨潇潇江上村,
绿林豪客夜知闻。
他时不用逃名姓,
世上如今半是君。

这首诗的作者李涉是今河南洛阳人,动乱年代他与弟弟李渤一同隐居庐山香炉峰下读书,后出山做幕僚。宪宗时,曾任太子通事舍人,不久被贬为峡州(今湖北宜昌)司仓参军,后任国子监博士,人称"李博士"。

关于这首诗,有一则非常有趣的故事:那天,做国子监博士的李涉前往九江,看望做江州刺史的弟弟李渤。船行至井栏砂时,天色已晚,船家便停下船来,准备在此过夜。忽然,数十名打家劫舍的盗贼手执刀枪

⊙皖河下游

围上前来,喝道:"船上是谁?"船夫回答:"是李博士。"强盗又问:"是不是叫李涉的那位李博士?"船夫回答:"正是。"强盗说:"如果真是李涉博士,我们就不劫他的财了。不过,我们早就听说了他的诗名,希望他能给我们写一首诗。"李涉听罢,便铺开纸张,写了上面这首绝句。强盗拿到李涉的亲笔诗,很高兴地离开了。

这件趣闻,生动地反映出唐代诗人在社会上的广泛影响和所受到的普遍尊重。无独有偶,晚唐诗人王毂,曾经有《玉树曲》闻名天下,其中有名句"君臣犹在醉乡中,一面已无陈日月"。他年轻时有一次外出,因一点小事被人殴打。他对打他的人说:"不要对我无礼。我就是写出'君臣犹在醉乡中,一面已无陈日月'的王毂。"打他的人赶忙停手,并且连连向他道歉。

李涉当年遇盗的井栏砂现在哪里?你在地图上已经查不到这个地名了,它现在的地点是安徽省安庆市山口乡山口镇村,位于皖河下游北岸。唐代流经这里的长江,已经改道向南了。

山口镇村古代又称皖口,自古便是军事要地,南宋期间曾是安庆府治,李涉、王安石、黄庭坚等文人墨客在此留下大量诗篇,比如王安石当年经过这里时留下的《别皖口》:"浮烟漠漠细沙平,飞雨溅溅嫩水生。异日不知来照影,更添华发几千茎。"

漫步于这皖河岸边的小村,你会发现这里仍有城隍庙、古井、古墓、古城墙遗址等,它们在向你默默诉说着昔日往事。

皖河在这里变得宽阔,河上船只往来穿梭。现在这里已成为专业渔村,全村共有大小运输船舶五十余艘。岸边的小村也很秀丽,青山绿水,这里的"石门秋泛"是安庆八大古景之一。

⊙照片远处为唐代井栏砂,今日山口镇村。

# 登乐游原

李商隐

向晚意不适，
驱车登古原。
夕阳无限好，
只是近黄昏。

乐游原，位于西安市南郊大雁塔东北部、曲江池北面的黄土台塬，明显地高于其他地方。

早在两千多年前的秦汉时代，这一带就以风景秀丽而著称。有一次，汉宣帝带着许皇后出游来到这里，迷恋这里的旖旎风光，以至于"乐不思归"。后来，他在此建乐游庙，乐游原即以庙得名。

唐代，太平公主在这里营造了当时最大的私家园林——太平公主庄园。这座私家园林非常大，可以直到

⊙夕阳下的乐游原

南面的终南山。

　　乐游原是唐长安城的最高点，与南面的曲江芙蓉园和西南的大雁塔相距不远，地势高平宽敞，是登高览胜的最佳地点，景色十分宜人，前来观景的游客络绎不绝，文人墨客也经常来这里做诗抒怀。唐代的许多诗人在乐游原留下了近百首诗词，李商隐便是其中之一。

　　李商隐年轻时便显露文才，很受令狐楚赏识，可是李商隐却与泾原节度使王茂元的女儿结婚。当时牛李党争十分激烈，令狐楚是牛党，王茂元则亲近李党。宣宗即位以后，牛党当权，令狐楚的儿子当了宰相，打击一切与李党有瓜葛的人士，从此李商隐一直被压制，心情郁郁寡欢。

　　这一天的傍晚，李商隐情绪不佳，便驱车前往乐游原散心。在美好的夕阳下，他心潮澎湃，诗思涌动，写下了这首千古绝句，以夕阳美好而近黄昏，暗喻自己空有满腹才华，只能垂垂老去的抑郁心情。

　　现在的乐游原仍然不荒凉不寂寞，仿古建筑鳞次栉比，踏上这千年古原旧址，一种时空的交错感油然而生，仿佛走进了唐朝。

这里有拱桥、池塘、绿树和樱花，游人如织。

在一处峭壁前矗立着一块大石，上面刻着李商隐的这首诗，不少游客在此观看。几位游客说他们就是冲这首诗来的，还有游客即兴吟诵这首诗。

唐诗的强大生命力，超出人们的想象。

## 白鹿洞二首·其一

王贞白

读书不觉已春深,
一寸光阴一寸金。
不是道人来引笑,
周情孔思正追寻。

王贞白是江西广丰人,曾在庐山五老峰下的白鹿洞读书,这首《白鹿洞》是他在此读书时有感而发所做的一首惜时诗,是自己读书生活的写照。其中"一寸光阴一寸金",已成为劝勉世人珍惜光阴的名言绝句。

公元895年,王贞白考中进士,但那次考试被人们认为存在"猫腻",受到举报。碍于舆论,朝廷作废放榜人员名单,重新举行考试,结果原来确定的二十人有十人被淘汰,王贞白有幸榜上留名。不久他远赴边

⊙白鹿洞书院

塞从军戍边,后又在朝廷中担任了几年闲职,因无法忍受尔虞我诈的官场生活,最终决意归隐故乡,那时他还不到三十五岁。

王贞白归隐之后,并没有去过那种逍遥自在的生活,而是创建"山斋书舍"潜心教学,为家乡子弟传道解惑。

白鹿洞书院,最早是李渤兄弟隐居读书的地方。李渤养有一只白鹿,终日与他形影相随,被人们称为白鹿先生。后来,李渤就任江州(今江西九江)刺史,留恋这块宝地,就在这里修建了亭台楼阁,疏导山泉,种植花木,变成一处游览胜地。由于这里山峰回合,就像一处山洞,人们就称这里是白鹿洞。其实,这里并没有洞,只是山谷间的一块平地。

多少年后,地方政府在这里建立"庐山国学",算是白鹿洞书院的前身。宋代初年,经扩充改建为书院,并正式定名为"白鹿洞书院",但很快就破败了。后来,著名理学家朱熹出任南康太守(治所在今九江市星子县),他亲自到书院废址考察,对这个地方非常满意,经他大力倡导,才又重建了白鹿洞书院。

白鹿洞书院位于庐山南侧山下。我们辗转来到这里，立即就被其美景迷住了：山上林木葱茏，山下流水潺潺，人造拱桥、小亭与青山绿水浑然一体。

　　书院的五个院落层层递进——棂星门、泮池、状元桥、礼圣门和礼圣殿。

　　随着络绎不绝的游人，走进御书阁，穿过明伦堂，拜见白鹿洞，登上思贤台。现在，这里真的有了一洞，成为名符其实的白鹿洞。明朝时，南康知府觉得这里空有洞名而无洞，总是少了点什么，于是命人就地开凿山洞，用汉白玉雕琢一只白鹿放在洞中，这才使白鹿洞名实相符。

　　这是一个藏于深山密林中的著名书院，是一个天下读书人向往的书院。

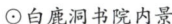
⊙白鹿洞书院内景

## 社日

王驾

鹅湖山下稻粱肥，
豚栅鸡栖半掩扉。
桑柘影斜春社散，
家家扶得醉人归。

社日，是古代春秋季节人们两次例行的祭祀土地神的日子，分别叫作春社和秋社。王驾的《社日》写的是春社。古代百姓通过作社活动，祈求风调雨顺、五谷丰登，同时各种表演和集体饮宴，也营造了热闹欢乐的氛围。

这首诗没有一字正面写社日，却通过一些极富农村生活情调的画面，诸如豚栅、鸡栖、稻粱肥、醉人归，勾勒出山村节日的欢乐气氛。这个热闹的地点，就在今江西省铅山县鹅湖

⊙鹅湖书院内景

⊙鹅湖书院大门

山下。

　　唐代,鹅湖山称荷湖山,山中有湖,湖中有荷。晋末,有人在湖里养了许多鹅,所以称鹅湖山。鹅湖山下的鹅湖书院,是古代江西四大书院之一,曾是一个著名的文化中心。南宋理学家朱熹与陆九渊等人的鹅湖之会,成为中国儒学史上影响深远的盛事。为了纪念"鹅湖之会",人们在书院里建了"四贤祠",后更名为"鹅湖书院"。

　　鹅湖书院外的空旷处,现在仍是人们喜欢聚集的地方。站在这里,望着近处的稻田和远处的农舍,心中吟诵着这首诗,眼前仿佛出现了"家家扶得醉人归"的场景。

　　此时此刻,你是否梦回大唐,加入那欢乐的人群?